講談社文庫

うちの旦那が甘ちゃんで 8

神楽坂 淳

JN053979

講談社

目次

うちの旦那が甘ちゃんで 8

第一話　箱屋と若衆

すっ、と包丁を入れると、白瓜《しろうり》の皮の中にすんなりと滑り込んだ。

いよいよ夏の気配がする。

五月のうちは皮が固くて、少々手こずる白瓜だが、夏の気配とともに皮が柔《やわ》らかくなって切りやすくなる。

白瓜は胡瓜《きゅうり》よりもクセがない。塩もみして一夜漬けにするのがまず美味《おい》しい。そうして半分は漬物《つけもの》にするのだが、残りは煮るのが好きである。

そしてこの時期は烏賊《いか》も美味しい。烏賊と白瓜を一緒に煮ると、烏賊の旨《うま》みが白瓜に染み込んでいく。

これは温かいときに食べるよりも、冷めてから食べる方が美味しい。旨みが白瓜に染みるのは冷めるときだからだ。

煮あがった白瓜を鍋ごと水につける。こうして早く冷ましておくのである。

鍋が冷える間に、大根のぬか漬けを取り出した。沙耶《さや》はぬか漬けを作らないのだが、角《かど》寿司の喜久《きく》からもらったので今日は使う。

江戸では家庭の漬物は消防の観点から原則禁止なのだが、家庭の土間でぬか漬けを作るくらいなら楽しみとしてあることだ。

ぬか漬けの大根をおろす。生の大根と違って水分が少なく多少の酸味が加わっているから、普通の大根おろしとは違う風味がある。そこに刻んだ葱《ねぎ》を載せる。

さらに鰹節《かつおぶし》をたっぷりと散らしてから醬油《しょうゆ》をかけ、辛子《からし》を添えた。

味噌《みそ》汁《しる》の具は白瓜と豆腐である。

食事を運んでいくと、月也《つきや》がなにやら考え込んでいる。

「どうしたのですか？」

「俺はうまく女になれるのだろうか」

「女ではなくて陰間《かげま》でしょう」

沙耶が答えると、月也が困ったように頷《うなず》いた。

「どちらにしても、自信がない」

「大丈夫ですよ」

沙耶は答えると、月也と自分の前に料理を並べた。

「お。美味《うま》そうだな。烏賊か。もう季節だな」

「月也さんは烏賊がお好きですよね」

「うむ。旨みは濃いのにあっさりしていて、飯が進む」

月也がいいながら、ぬか漬けの大根おろしをざくざくと飯にかけた。沙耶もそれを見ながら同じように飯にかける。

もうすっかり食べ方が男っぽくなるのにも慣れてしまった。と内心で苦笑しつつ、この大根おろしはたしかに癖《くせ》になるとも思う。

ぬか漬けをおろしたものは普通のおろしよりも水分が少ない。そのかわり酸味が加わって味わい深かった。

白瓜にもうまく烏賊の旨みが染みている。魚の旨みが染み込んだ野菜は魚そのものよりも美味しい気がした。

「ところで、今回はどのようなお役目なのですか？」

「うむ。日本橋芳町《にほんばしよしちょう》の陰間茶屋を仕切る原田屋甚右衛門《はらだやじんえもん》という男を、なんとか改心させろというお達しだ」

「改心、ですか。どのようなことが起こっているのですか？」

「陰間茶屋にな、本来来てはいけない大奥の中﨟《ちゅうろう》が通っているらしい」

「本当ですか？　それは一大事ですね。でも、なぜ月也さんなのでしょう」

「大事にしたくないらしいのだ。なんせ相手が大奥だからな」

それはそうだ。大奥の人間の不祥事となると、単に個人を処罰するのではすまない。陰間茶屋という存在自体がなくなりかねない事態である。

原田屋が改心して、大奥の中﨟が来なくなり、すべてが「なかったこと」になるのが一番いい。

穏健《おんけん》派の奉行《ぶぎょう》、筒井政憲《つついまさのり》らしい考えといえた。

「月也さんが若衆《わかしゅう》として陰間茶屋に潜り込むのですね」

「そうだ」

「潜り込んで、どうするのですか？」

「うむ。どうしたらいいのだろうな。すぐにでも動き始めた方がいいのはたしかなようだが、じつは筒井様にもこれといった策がないらしくてな。というのも原田屋が、なかなか尻尾を出さないそうなのだ。今日相談することになっている」

相談。

沙耶はどういうことだろう、と考えた。筒井は名奉行である。なんの作戦もなく、月也を潜入させるということはないはずだ。

月也にも知らせない策があるとみるべきだった。

沙耶は陰間茶屋には行ったことがない。もともと男性が行く場所だったのが、近年は女性にも人気になっている。

男らしい男よりも、女性に近い男の方が安心できるという話は聞いた。音吉《おときち》なら沙耶よりもいろいろ知っているだろうから、それこそ「相談」してみた方がよさそうだった。

「とすると、しばらくは陰間茶屋で暮らすのですか？」

「そうなるな」

「月也さんと別居するのは寂《さび》しいです」

「すぐに解決するさ」

たしかに、そう長い間別居するわけではないだろう。しかしその間、沙耶の方はどうしよう。月也のいない家で暮らすのは嫌だった。

「まあいい。今日は分かれて過ごそう。お勤めがありそうな雰囲気ではないからな。奉行所で相談してくるだけになるだろう。あとは夜もう一度話し合おう」

「そうですね。わたしも音吉さんに相談してみます」

月也は食事を終えると、今日は挟《はさ》み箱《ばこ》を持たずに外に出た。同心《どうしん》として外出するわけではないということだろう。

沙耶も並んで出かける。

「沙耶は、沙耶組の皆をうまくまとめてくれ。今回も女の力が必要な展開になるのではないかと思う」

「わかりました」

家を出ると、沙耶は深川《ふかがわ》に、月也は奉行所の方に向かう。ちょうど反対の方角に分かれることになった。

夫婦喧嘩《げんか》をしているように見えないだろうか、と沙耶は不安になる。

八丁堀《はっちょうぼり》から深川の方に渡ると、富岡八幡宮《とみおかはちまんぐう》へ向かう。いつもそうと決めているわけではないが、歩いているとそれなりに誰かが見つけてくれるのだ。

朝からかりん糖売りの声がやかましい。最近はすっかり慣れてしまって、その声がないと落ち着かないくらいである。

「沙耶様。お一人でどうされたのですか」

ちょうどそこへ通りかかった鰻《うなぎ》屋の山口庄次郎《やまぐちしょうじろう》の娘、さきが声をかけてきた。

「もしかして、内密のお役目ですか?」

「そんなようなものね」

沙耶が答えると、さきが目を輝かせた。

「わたしでも協力できることはありますか？」

さきは、役立ちたい、という様子を全身から漂わせた。

「最近、お役に立っていない気がするのです。それに鰻もなかなか食べに来てくださらないし」

さきの家は、深川でも評判の鰻屋である。大蒲焼きが名物の山口庄次郎といえば、上方《かみがた》からも客がやってくる名店だ。

娘のさきの命を助けてからすっかり常連になっているが、最近たしかにご無沙汰《ぶさた》である。

「お一人なら、お役目を気にせず鰻を召し上がれますよね」

「まだ時間が早いのではないの？」

「なにをおっしゃるんですか。うちは摩利支天《まりしてん》横丁の目の前なんですよ。朝から参拝客がたくさんいるのですから。やってます」

たしかに店にとっては客のいる時間こそが営業時間だろう。朝からしっかり店を開けた方がいいに決まっている。

「ではごちそうになろうかしら」

「はい。いらしてください」

さきに連れられ店につくと、引っ張り込まれるようにして奥座敷に通された。さきがうきうきとお茶を運んでくる。

さきはそのまま、店に戻らずに沙耶の前に座り込んだ。

「お店はいいの？」

「沙耶様の方が大切です」

久々ということもあってか、さきは気持ちが盛り上がっているようだ。

「それで、わざわざ月也様と分かれて歩いているということは、特別なお役目なんですよね？」

「そうね。といってもわたしではなくて月也さんの用事なのだけれど」

「どんなお役目なのですか？」

「実は、月也さんが陰間茶屋に潜り込むことになったの。どんなところなのか知りたいし、その間は別居することになるから、どうやって過ごそうかと思って音吉さんに相談に来たのよ」

「それって、深川で暮らすかもってことですか？」

「まだわからないわ」

「うちで暮らしましょう！　沙耶様はなにもしなくていいです」

さきが飛び上がらんばかりの様子を見せた。

「いや、そういうわけにはいかないわよ」

「なんでですか？　うちは大歓迎ですよ」

さきはそういうと、再び店の方へと歩いて行った。手に鰻の丼《どんぶり》を持って戻ってくる。

「いろいろ試したのですが、鰻は重箱よりも丼の方が美味しいですね」

丼の中の鰻は湯気をたてていて、ふんわりとした甘い香りが漂ってくる。山椒《さんしょう》の香りが刺激的で、胃の中までくすぐった。

「重箱より美味しいの？」

「そうですね。わたしはそう思います。鰻屋はもともと重箱を使っていて、まかないが丼なんですよ」

「お重が最初なのね」

「はい。初めは鰻だけでお客様の家に届けていたらしいのですが、それだと冷めてしまうというので、重箱にして温かいご飯に載せる形になったようですよ」

たしかに運ぶのが前提なら重箱だろう。だが、店の中では丼で食べる方がより熱々で美味しい。

「これもどうぞ」

さきが吸い物を出してきた。具はバカ貝と葱である。口をつけると、バカ貝のはかない味が柔らかくて、鰻の味の濃さをうまく受け止めてくれる。

「美味しいわ。鰻は肝《きも》の吸い物が相場かと思っていたけど、これはいいわね」

「お客様にとっては、吸い物も鰻っていう方が気分が出るのかもしれません。でも、肝は肝で焼いて食べて、吸い物はもっとあっさりしたものの方が美味しいと思います」

「そうね」

たしかに、力強いものばかり並べるより、片方がはかない方が合うだろう。

鰻を食べてしまうと、さきが水菓子を持ってきた。

「成子《なるこ》瓜《うり》です。まだ旬には少しだけ早いですけど、店で出してます。でも甘みは少し足しました」

成子瓜は皮も身も薄緑色をしていた。口に入れると、瓜のさわやかさとともに、みりんの甘みが口の中に広がった。

みりんの甘さはくどすぎず、うまく瓜の風味と溶け合っている。

「これも美味しいわね」

「水菓子とみりんは、けっこういい組み合わせなんですよ」

食べてしまうと、そろそろ出かけよう、と沙耶は思った。これ以上居座っては店に迷惑である。

「そろそろ行くわね」

「まだいいじゃないですか」

「迷惑でしょう」

沙耶が言うと、さきが不満そうな表情になる。

「沙耶様は勘違いしています」

「勘違いって、なにが？」

「わたしたち沙耶組の面々は、沙耶様に迷惑をかけられたいんですよ。遠慮されたくないんです。それって距離が遠いということでしょう？　もっとべったり甘えてほしいのです」

さきの言うこともわからないではない。沙耶にしても、突然皆に他人行儀にされたら悲しくなってしまうだろう。

沙耶は一応十手《じって》を預かっている身だから、甘えるのは問題だと思っていたが、さきはよそよそしいと感じたのだろう。

「ごめんなさい。これからは、もう少し甘えることにするわ」

「では、うちに泊まるということでいいですか？」

「それは別の問題なの。音吉さんと相談があるから」

「一日でも駄目なんですか？」

「そうね。一日くらいはお願いしようかしら」

「それなら今日はどうでしょう」

「今日は無理よ」

さきがあきらかに不満そうな表情を見せた。そうはいってもまずは音吉に相談するのが大切だ。さきもわかってはいるのだろう、気を取り直したように言う。

「とりあえず音吉さんのところに使いに行ってきます」

「家を知っているの？」

「ええ。近所ですからね」

沙耶は音吉がどこに住んでいるのかは知らない。どうやら沙耶組は、皆の方がお互いのことを知っているようだった。

しばらくすると、音吉が嬉《うれ》しそうにやってきた。

「うちに住むんだって？」

沙耶の前に座るなり音吉が口を開く。

「驚かさないでください。なぜそうなっているのですか」

「だって月也の旦那《だんな》と離れて暮らすってことは、うちに住むってことだろう？」

「そんなこと言ってません」

「じゃあそういうことにしようよ」

引き下がらない音吉を抑え、あわてて言う。

「それよりも、先にお伺《うかが》いしたいことがあるのです」

「なんだい」

「陰間茶屋について教えていただけませんか」

沙耶が言うと、音吉がやや不機嫌な表情を見せた。

「陰間茶屋ね。いいよ。なにが知りたいんだい」

「どんなところか知りたいのです。月也さんが今度陰間として潜り込むことになったんですよ」

「へえ。それは面白いね」

「なのでいろいろ教えてください」

沙耶に言われて、音吉は少し考え込む。

「まあ、あたしら芸者から言うと、あまり仲のいい相手じゃないんだ。商売敵《がたき》っていう感じだねえ」

「芸者の商売敵は吉原《よしわら》ではないのですか？」

「まあ、そう思われがちだけど違うね。あたしたちの直接的な競争相手は陰間茶屋になる。なんといっても吉原は吉原から動かないだろう？　それにさ。芸者としてはあっちが本家だからね。こちらが吉原の影みたいなものなんだ」

「では、吉原には商売敵はいないんですか？」

「まあ、いるとしたら遊山船《ゆさんぶね》だね。船の中に座敷があって、芸者や遊女を呼んで遊べるようになってる。船の上なら人目もなくて安全だってんで、金持ちは使うみたいだよ。あたしは呼ばれたことはないけどね」

「そんな船があるんですね」

「うん。あたしたちには噂《うわさ》だけの代物《しろもの》だけどね。で、普通の人はさ、芸者をあげるか若衆を呼ぶのさ」

吉原の芸者には吉原に行かないと会えない。吉原に行く金のない下町などでは、芸者もしくは若衆になるというわけだ。

「音吉は陰間茶屋が嫌いなのですか？」

「嫌いとは少々違うね。あいつらはさ、尊敬できるところも多いんだよ。女よりも女らしいしねえ」

「そうなんですか？」

「ああ。女ってさ。女の仕草《しぐさ》なんかには注意を払わないだろう？　だけどあいつらはそんな仕草をしっかり観察して真似《まね》てくるからさ。あたしたちよりも女っぽかったりするんだ」

なるほど、と沙耶は思う。たしかに、女は自分たちの仕草のことを考えたりはしない。沙耶が男装するときも、「男らしい仕草」を考えることは特になかった。

若衆の仕事にとっては大切なことだから、きちんと学ぶのだろう。

だとすると月也もなにか学ぶ必要がありそうだった。

「若衆の人が格別に学ぶことはあるのでしょうか」

「尻、だそうだ」

「お尻ですか？」

「男と女だと、尻の振り方が違うんだってさ。だから、月也の旦那の前でその尻を振ってやるといいよ」

月也の目の前で尻を振る、と言われて、沙耶は思わず顔が赤くなった。

「そんなことはできません」

「じゃあ、旦那は他の女で勉強するんだね？　誰？　あたしかい？」

そう言われると、たしかに沙耶が自分でやるしかない。

「でも、考えるだけで恥《は》ずかしいですよ」

「それならさ。まず練習してみなよ。旦那の前に誰かで」

「誰ですか？」

「あたしだろう、どうしたって。次が牡丹《ぼたん》かな」

音吉に言われて考える。牡丹は男だが、音吉の前で練習するよりは恥ずかしくない気がした。

「じゃ、やってみようか」

「牡丹の方がいいような気がします」

「何言ってるんだい。まずはあたしに決まってるだろう」

音吉がぐい、と押してきた。

「あたしじゃないと尻の振り具合だってわからないよ」

たしかに音吉の言う通りだ。振り方の、なにがどう違うのかも沙耶は知らない。格好だけ変えても肝心な部分がわかっていないのでは駄目だろう。

「では、よろしくお願いします」

沙耶が挨拶《あいさつ》すると、音吉は立ち上がった。

「冗談は置いておいて、沙耶、あたしをしっかり見ておくといい」

音吉はそう言うと、するすると歩きはじめた。いかにも女らしい、しゃなりとした歩き方である。

「そしてこうだよ」

次に音吉が歩くと、案外男らしい、さっそうとした風情《ふぜい》になる。

「わかるかい？」

「全然違いますね」

「女はさ。体の真ん中に一本縦の線があったとして、線の内側につま先を巻き込むようにして歩くじゃないか。反対に男は、つま先を開いてさっさっと歩く。女はこのとき、尻が動くんだよ」

「たしかにそうですね」

「こう、つっとした感じで尻が横に動くんだ。それを真似るとさ、ぐっと若衆っぽくなるんだよ」

「それを意識して、月也さんの前で歩けばいいのですね」

「そういうことさ。簡単だろ」

音吉はあっさりと言うが、沙耶にはそう簡単なことではない。月也にわたしのお尻を見ていてくださいなどと言うのは、顔から火が出そうだ。

「それにしても、陰間茶屋か。気になるねえ」

音吉が大きく息を吐いた。

「なにがですか?」

「うん。あたしたち辰巳《たつみ》芸者もだけどさ。陰間茶屋も、言うほど羽振りはよくないんだよ。客がいないってわけじゃないけど、芸者を手配する置屋《おきや》ってのは歩合《ぶあい》だからね。芸者に払う金を考えるとそんなには儲《もう》からない」

「そうなんですか?」

「遊女は年季奉公で働かせて、生活の面倒を見るかわりに相当上前《うわまえ》を撥《は》ねるんだけど、芸者は気が強いからね。遊女ほどは儲からない。陰間茶屋にいたっては男だからさ。そう簡単には言うことを聞かないんだ」

「たしかにそうですね」

「ところがさ。最近、陰間茶屋に原田屋甚右衛門っていうやり手が出てね。妙に羽振りがいいんだよ。というかよすぎるんだ」

月也が改心させろと言われた男の名だ。

「その人が、なにか怪しいんですね」

「まともな方法ではそうそう景気はよくならない世界だからね」

音吉は改めて疑問を持ったようだ。

「そもそもさ。陰間茶屋っていうのは岡場所以上に睨《にら》まれやすいんだよ。本来はあってはいけないものだからね」

「ご禁制なんですか？」

「うーん。もともとさ。陰間っていうのは歌舞伎役者を育てる役割があったんだけどね。だんだん怪しい方向に行って取り締まられることになったんだ。いまじゃあ遊女と変わらない存在なのさ」

「月也さんの身は安全なのでしょうか」

「それは大丈夫だろう。無理矢理どうにか、なんてことはないよ」

どうやら、陰間茶屋自体はそれほど危ない場所ではないらしい。ただ原田屋については、不自然に儲けがありすぎるということだ。となると、月也が言っていたように大奥とかかわっているというのは本当なのかもしれない。

だが、原田屋としては金が儲かるし、中藕も喜んでいるのだろう。気持ちとしては誰も損をしていないように思う。

本人にしてみれば金が儲かるのが悪というわけではない。あくどいことをしているわけでもない。ただ幕府の考えと違うだけだ。罪悪感は生まれにくいに違いない。

奉行は「捕らえろ」ではなく「改心させろ」と言ったわけだ。つまり、原田屋が自分からやめようと思わないといけないのである。

これは相当難しいことなうえに、手柄にもならない。月也はともかく、普通の同心はやりたがらないだろう。

「まあ、実際に行ってみるのが一番だよ」

「連れていっていただけますか？」

「もちろんさ」

「ありがとう。あとは、月也さんがいない間をどう過ごすかなのです」

沙耶としては、ただ留守を守るのではなく、深川あたりで何日か過ごして見聞を広めたいという気持ちがあった。

「どうって？」

「深川あたりでしばらく過ごそうかと思うのです」

「じゃあ、ほんとにうちで過ごさないかい？」

「いいのですか？」

実のところ、芸者がどのように暮らしているのか興味がある。世話になっている音吉の生活でもあるし。

ただ、迷惑をかけたくはなかった。

「ご迷惑ならいいんですよ」

「沙耶と暮らすのが迷惑ってことはないだろう。それにさ、一緒に暮らしてみたいってのはあたしに興味があるってことだろう？」

「ええ。それはそうです」

「姉妹みたいでいいじゃないか。決まりだね。で、いつから暮らす？」

「月也さんが陰間茶屋に向かったらすぐお願いできますか」

「もう、今日からでいいじゃないか」

「そういうわけにはいきませんよ」

「じゃあ明日ならどうだい」

そう言われて、沙耶は考える。たしか月也は「すぐにでも動き始めた方がいい」と言っていた。明日にはもしかしたら陰間茶屋から迎えが来るかもしれない。

「明日ならありえますね」

「じゃあそうしようよ」

音吉が、なにがあっても譲りません、という顔になる。沙耶としても、音吉と暮すのはなんだか楽しそうだった。

ずっと同心の家に育ってきたし、結婚してからは月也とともにいたから、女同士で住むという経験はない。

「そうですね。お世話になります」

頭を下げると、音吉がぽん、と手を叩《たた》いた。

「まかせておきなよ」

そうしてふと、音吉が何か考える様子を見せる。

「前にさ。沙耶に『箱屋《はこや》』ってのをやってもらったことがあったろう？」

「はい、覚えています」

「今回うちにいる間さ、もう一回その箱屋をやってくれないかい？」

「ええ、わたしは構いませんが」

「これは嬉しいね。よろしく頼むよ」

これからどういう流れになるかわからないが、芸者の暮らしを間近で見るのは、いろいろな意味で有益だと思う。

といってもそれは自分への言い訳半分で、音吉とのお祭り気分を楽しみたいというのも本音である。

同心の妻としては失格かもしれないが、人生においてこういう楽しみを経験しておくのは悪くない。

そうして。

沙耶は音吉の家に居候《いそうろう》することを決めたのだった。


その晩。

どうしよう、と沙耶はためらっていた。音吉に教わったものの、月也に「自分のお尻を見てください」とはやはり言いにくい。

かといって、他の方法はない。沙耶以外の女性の尻を観察させるわけにはいかないのだ。

夫婦だから、お互いの肌を見てはいる。が、わざわざじっくりと見物されるということはなかった。

「なにかあったのか？　沙耶」

月也が沙耶の顔を覗き込んできた。

「なんでもないです」

思わず顔が赤くなる。

「なんでもないという様子ではないな」

ぼんくらと言われていようと月也は同心だ。相手の変化には普通の人より敏感なのである。

「なんでもないと言っているではないですか」

思わず少々きつい声が出た。

「それならいいのだ」

月也は慌《あわ》てたように言う。

「悪かった」

「月也さんは悪くありません」

沙耶も慌てて言い返した。そう、月也が悪いわけではない。これはあくまで自分の問題なのである。

ちゃんと役目のこととして話さなければいけないのに、恥ずかしがっている方がいけないのだ。

「月也さん、お話があります」

「なんだ？」

「実は、わたしのお尻を見ていただきたいのです」

沙耶が言うと、月也が赤くなった。あきらかになにか勘違いした顔をしている。それから咳払《せきばら》いを一つした。

「まあ、沙耶が言うなら、俺はかまわない」

「違うんです。お尻といっても、裸のお尻を見てほしいわけではないのです」

「どういうことだ」

「音吉さんによれば、男と女ではお尻の動きが違うんだそうです。だから、これからお見せするわたしのお尻の動きを参考にすれば、いい若衆になれるんだそうですよ」

説明しながら、改めて恥ずかしいと思う。

「すると、俺はどうすればいいのだ？」

「わたしが浴衣《ゆかた》で歩きますから、月也さんはわたしのお尻の動きに注目していてください」

「おう。わかった」

月也は返事をしてから、沙耶の耳元に唇《くちびる》を寄せた。

「酒は飲んでもよいのか？」

「わたしを見ながらですか？」

「うむ」

どうなのだろう、と沙耶は思う。酒を飲んだ方が緊張感がなくて、しっかりと観察できるのかもしれない。だが、酒を飲んだら別の気持ちになるのではないだろうか。

「お酒は駄目です。お茶にしてください」

「駄目か」

「遊びではないのですよ。わたしのお尻を眺《なが》めてお酒を飲んでどうするのですか」

「すまない。つい、飲みたい気分になってしまったのだ」

「それは別のときにしてください」

「そうか。別のときだな」

月也が意気込んでいう。

「そこに前のめりにならないでくださいよ」

「どうしてだ？　俺は沙耶の顔も好きだが尻も好きだ」

真顔で言われて少々返答に困る。いやではないが、そんなことを言われたら月也の前で尻を突き出せなくなってしまう。

「とにかく、お願いします」

「うむ」

月也を居間に座らせると、自分の部屋に入った。

浴衣を選ぶ。

もちろんなんでもいいのだが、見られると思うとどういった浴衣がいいのかを考えてしまう。

布が薄いということだけなら寝間着にも使う簡素なものがいいが、見られるならやや派手めの浴衣の方がいい気がした。

最近は浴衣で外出するのが流行していて、外出着として派手な模様が入っているものもある。

沙耶も全然持っていないわけではないが、着て出るには恥ずかしくて、持っているだけの浴衣があった。

あいびきをするのではないのだから、簡素な浴衣にしよう、と思いつつ、なんとなく派手な浴衣を手に取ってしまう。

こういうときに着ないと着るときもなさそうだ。沙耶の手にある浴衣は、白地に赤と青の牡丹を染め抜いてある。

若い娘が着るような柄だが、なんとなく気に入って買ったものだ。

少し挑発的かもしれないが、着ると艶《あで》やかな気持ちになりそうだ。

着替えて月也のもとに行く。

「お。綺麗《きれい》だな」

月也が感心したように言う。

「男装も悪くないが、やはりそういう格好の方が好きだ」

「格好はどうでもいいのです」

沙耶はそういうと、月也の前でゆっくりと歩いてみせる。

「どうですか？」

「尻というよりも、つま先が問題なのではないか。つま先が動くのに引っ張られて尻が動いている」

思ったよりも真面目《まじめ》に観察しているようだった。

「そのつま先の動きだと、道端に石でも落ちていたら飛びのくような感じになってしまうだろう」

月也は、床に湯飲みを置いた。

「歩きながら、この湯飲みを避けてみてくれないか」

言われる通りにする。男装であればさっとまたげばすむのだが、浴衣だと回り込むようにして歩くことになる。

「回り込むときの尻が色っぽいな」

月也が右手で顎《あご》をさすった。

「剣術の足さばきに似ているから、学べたかもしれぬ」

言って、月也が立ち上がる。

「見ていてくれ、沙耶」

言うが早いか、月也はさらりと服を脱いで褌《ふんどし》になる。こうやって改めて月也の裸を見ることはなかった。

無駄な肉のない体なのは同心だからだろう。尻も、たれることなくきりりと引き締まっている感じがする。

すっ、と足を踏み出すと、案外女らしい。尻だけではなくて、肩を前に出してから動いているようだった。

そうすると、ゆらゆらと女らしい様子になるから不思議だ。

「すごい。なんだか女らしいです」

「沙耶が目の前で歩いてくれなければわからなかった。ありがとう」

「わたしは歩いただけですよ」

「それが大切なのだ。普段気が付かないことにこそ大切なことがある」

月也は晴れ晴れとした顔をした。

「これで、陰間茶屋で働く自信もついた」

「よかったですね」

「うむ。沙耶の普段の仕草を思い出して働くようにする」

「普段、ですか」

「そうだ。俺の目にはな、沙耶が焼き付いているから。心の中に沙耶を思い浮かべることにする」

月也は心でいつでも沙耶のことを再現できるらしい。嬉しいが、恥ずかしくもある。

「ところで沙耶」

「はい」

「次は酒を飲みながらでもよいか？」

言われて、沙耶は思わず顔を赤くした。

「知りません」

「駄目か？」

重ねて問われ、大きくため息をつく。

「この件が片付いたら、ですよ」

「もちろんだ」

月也の言葉を聞きながら、沙耶は思った。

近々もう一着浴衣を買ってこよう。


りりん、と風鈴《ふうりん》が鳴った。そろそろ六月も中旬で、なにもしないでいると汗がじっとりと服を濡《ぬ》らす季節だ。

川開きが終わり、本格的な夏が来る。

白瓜と烏賊もよいが、沙耶にとっては夏といえばやはり茄子《なす》である。値段も安いし美味しい。そして魚は鰹がよい。走りの鰹と違って安いから手軽に食べられた。

昨夜のうちに、たたきにした鰹、焼いた茄子を醬油と酢、みりん、薬研堀《やげんぼり》を混ぜたものにひたし、井戸水でしっかりと冷やしてある。

炊きたての熱い飯に、冷えた茄子と鰹を載せる。鰹の身が飯の熱でじわじわ温まっていく。

豆腐をサイコロのように細かく切ると、やはり細かく刻んだ葱を載せる。鰹を漬けていた汁をひと煮立ちさせてから豆腐にかけた。

納豆《なっとう》と味噌汁を用意して出来上がりである。味噌汁の具も茄子にした。

月也のもとに持っていくと、月也は鰹を見て嬉しそうな顔をした。

「いいな。茄子と鰹か」

月也が飯をかき込むようにして食べ始めた。沙耶も一緒に食べる。温まった鰹がなんともよい風味である。

鰹は冷たくても美味しいが、飯に少々蒸《む》された状態のものも美味しい。味の染みた茄子と合わせると美味しさがさらに上がる。

温かい汁をかけた豆腐が、舌の上でふるふると震える。最近日本橋にいい豆腐屋ができたので重宝《ちょうほう》していた。

「いくらでも入りそうだな」

月也が飯をお替わりする。

「たくさん召し上がってください」

今日は朝からしっかりと食べることにしていた。これから数日は別居しなくてはならないのである。

それにしても、と、沙耶は月也を見つめた。女の歩き方は教えたものの、月也はうまく陰間茶屋で働くことができるのだろうか。沙耶が男装、月也が女装をすることになるというのは、沙耶たちが夫婦としては一風変わっているからといえるだろう。

「今日はその、出かけてくる」

わざわざ言わなくてもわかっていることを、月也がわざわざ口にした。どうやら月也なりに緊張しているようだ。

「今日から若衆として過ごすのですね」

「やれるだけやるつもりだ」

「この後、どうなさるのですか？」

「もうすぐ迎えが来るらしい。それを待っている」

今日の月也は刀を差していない。あくまで町人として過ごすために十手も持たないでいる。

「月也さんなら平気ですよ」

励ましながら、どのような迎えが来るのだろう、と興味が湧《わ》いた。昨日、月也は日本橋芳町にある陰間茶屋、「花川戸《はなかわど》」で働くという指示を筒井から受けてきた。

いよいよ、月也は若衆の格好で働くのである。

「あとでわたしも行きますね。客として」

思わず笑うと、月也はやれやれ、という顔になった。

「少々恥ずかしいな」

「どんな姿の月也さんでも好きですよ」

沙耶が言うと、月也は照れたような顔をして黙った。

「それよりも、沙耶こそ今日から芸者なのだろう？」

「芸者ではありません。箱屋という付き人ですよ」

「心配だな。箱屋はもめごとも多いと聞くからな」

「そうなのですか？」

「まあ音吉と一緒なら平気だろう」

月也はさして気にしていないようだった。沙耶も危険だとは思っていないが、なにをするのかまだ実感がない。

「すいません、こちら紅藤《くどう》様のお宅ですか？」

玄関から声がした。どうやら迎えが来たらしい。足を運ぶと、一人の男が立っていた。

「はじめまして。百弥《ももや》と申します」

百弥は、少々変わった印象だった。すっきりした山葵《わさび》色の地の着物で、海老茶《えびちゃ》の細帯を巻いている。

形は男物だが、色は女物だ。もちろん男も緑色を着ないわけではないが、山葵色のような色は珍しい。

さらに、左の袖だけ萌黄《もえぎ》色になっている。これはかなり珍しい。三味線《しゃみせん》で言うところの「破手《はで》」というもので、なかなかの変わり者に違いない。

「あなたが沙耶さん？　たしかに男装が似合いそうな顔立ちしてるわね」

いきなり言われて戸惑《とまど》った。男装が似合う顔立ち、というのがどんなものなのかわからない。

「男っぽい顔ということですか？」

沙耶が思わず聞き返した。顔がごつごつしているのかもしれない、とつい気になってしまう。

「あまり男っぽい顔立ちだと若衆姿は似合わないの。女として美人な方がかえって男装は似合うの。そんなこともわからないの？」

女言葉でまくしたてられて、沙耶は思わず後ろに下がった。綺麗な顔なのにすごい迫力だ。

声は男にしてはやや高い。耳に心地好《よ》い声である。

「すいません」

「なんで謝るの？」

「なんとなく気に障《さわ》ったかと思ったのです」

「あんたねえ。お武家様でしょう？　町人にいちいち謝ることはないのよ」

百弥はにっこりと笑う。

「すいません」

「もういいわ。月也さんを呼んでちょうだい」

百弥に言われて、あわてて奥に月也を呼びに行く。

「月也さん、お迎えです」

「お。どんな奴だ」

「少々変わった方です」

月也は怪訝《けげん》そうな顔をしたが、玄関まで足を運んだ。

「あら、けっこういい男じゃない。あたし好みだわ」

「好み？」

月也の声が裏返る。

「いい男はあたしの好みよ。仲良くしましょう。あ。言い遅れてたわね。あたしは髪《かみ》結《ゆ》いなのよ。髪結いの百弥ね」

「髪結いの方なのですか？　あれは女の仕事かと思っていました」

沙耶の知っている限り、髪結いは女ばかりだ。武家が相手だと男の髪結いもいるが、庶民《しょみん》にはあまり関係がない。

百弥は、沙耶の言葉を鼻で笑った。

「髪結いが女の仕事になったのは、あたしたちみたいな選ばれた髪結いの数が少ないからなのよ」

「どういうことですか？」

「もともと髪結いっていうのは、あたしたちのような姐御《あねご》が始めたの。それが女に広がったのよ」

百弥は胸を張った。かなり腕のいい髪結いなのに違いない。仕事に対しての矜持《きょうじ》が見てとれる。

「月也さんは美人になれますか？」

思わずそう聞いてしまう。

「大丈夫、あたしにまかせなさい」

「お願いします」

頭を下げると、月也があわてたような声を出した。

「おいおい。いい男じゃなくて美人だぞ。いいのか」

「楽しそうではありませんか」

沙耶は笑顔を見せるとあらためて百弥に声をかけた。

「よろしくお願いします」

「あんたにも興味あるけど、まあ、今日のところはこの人だけでいいわ。じゃ、行くわよ」

百弥は月也を引っ張るようにして家から出て行った。

なんだか台風のような人だった、と思いながら沙耶も身支度をする。今日からしばらく箱屋として音吉と過ごすことになる。

芸者には、こまごまと面倒を見る箱屋という付き人がいるのだ。沙耶は前に少しだけ手伝ったことがあるが、なかなか面白い。楽しみである。

「よろしいですか？」

外からおりんの声がした。どうやら沙耶を迎えに来たらしい。

「いいですよ」

答えながら戸を開ける。

おりんとおたまが並んで立っていた。どうやら着物を新調したらしい。おりんは紺《こん》桔梗《ききょう》、おたまは萌黄の地の縞《しま》を着ていた。

「あら、夏色になったのね」

沙耶が言うと、二人は嬉しそうに頷いた。

「はい。天王祭《てんのうさい》のときに新調していただいたのです。本来わたしたちはそんな立場ではないのですが、音吉姐《ねえ》さんが新調してくださったんですよ」

「よかったわね」

「はい。わたしたちは幸せです」

おりんが言う。新しい着物は女にとって憧れだ。音吉がいい姐御だというのがそれからも見て取れる。

芸者は年に何回か着物を新調する月があるが半玉《はんぎょく》の着物まで面倒を見る姐御は少ないのだ。

「ご案内します」

二人並んで先に立つ。歩きながら、沙耶は口を開く。

「わたしでも、箱屋は務まるのでしょうか」

「問題ありません」

おたまがくすくすと笑った。

「わたしたちが普段できているぐらいですから」

「本当に？」

「はい。といってもわたしたちは変わり種です。わたしたちのような半玉がやるのは珍しいんですよ」

「そうなの？」

「前に音吉姐さんがお話ししたように、箱屋というのは、三味線の入った箱を持って歩くから箱屋なんです。帳場でお金を受け取ったり、金額の交渉をするのが『外箱』。お化粧の手伝いみたいに身の回りの世話をするのが『内箱』です。本来外箱は男の人で、柄の悪い人がやることが多いんですよ」

「音吉姐さんの箱屋はあなたたちなのよね？」

「音吉姐さんは、少々男嫌いですからね。身の回りの世話を男になんてしてほしくないということで、わたしたちがやっているんです」

たしかに音吉には男嫌いなところがある。だが、それとは別に、おりんやおたまの面倒を見るという面もあるのかもしれない。

彼女たちの事情は知らないが、あまりいい家庭に育ったわけではないだろう。音吉と共に暮らしている方が幸せに違いない。

音吉の家は、深川の蛤町《はまぐりちょう》にあった。黒船《くろふね》橋の脇である。門前仲町《もんぜんなかちょう》の裏通りにあたるところだった。

蛤町は少々雰囲気の悪い印象があったが、川沿いに家がつらなっている様子はまるでそんな感じがしない。

「ここは置屋っていって、住んでいるのはみんな芸者なんですよ」

おりんが戸を開けると、一坪ほどの三和土《たたき》に下駄箱があった。さまざまな種類の下駄が置いてある。

その先に二畳の玄関があった。

中にあがり込むと、六畳の居間があって、長火鉢の向こうに、音吉が悠然《ゆうぜん》と座っていた。

「迎えに出なくてすまないね。沙耶には素のあたしを見せたくてさ」

音吉が嬉しそうに言った。

どうやら、長火鉢の向こうが音吉の結界《けっかい》ということのようだった。背中には神棚があって、神棚の下にもうひとつ棚がある。七福神《しちふくじん》がずらりと並んでいた。

弁財天《べんざいてん》の隣に、紙で作った男のあれが置いてある。どうしてわざわざそんなものを置くのだろう、と思わず見てしまった。

沙耶の視線を見て取ったのか、音吉はにやりとした。

「縁起《えんぎ》棚《だな》が気になるのかい？」

「縁起棚？」

「普通の神棚の下に置く、芸者用の神棚さ。自分の好きな神様といっしょに、紙で作った男のあれを置くのがしきたりなんだ。由来は知らないけど、芸者の家にはみんなこれがあるんだよ」

長火鉢の前に座ると、おたまが茶を運んできた。音吉も着物を新調したらしい。深川鼠《ねず》色の地に釻《かん》つなぎが染めてある。

「涼しげな装いですね」

「ありがとう。あたしたち芸者はさ、着物を新調する日が決まってるんだ。天王祭のときにはかならず新調して夏色にするんだよ」

音吉が嬉しそうに言う。

「いいですね」

着物を新調するのは憧れではあるが、同心の妻にはまずないことである。古着を買うことはあっても仕立てる余裕はない。

最近の月也の働きのおかげでできなくはないかもしれないが、自分の装いに大枚《たいまい》をはたく気持ちにはなれなかった。新調というのはあくまで特別な人たちの習慣だ。江戸の人のほとんどは、武士でも商人でも古着である。

「じゃあ、今日からよろしく頼むね」

「どのようにすればいいのですか」

「今日は昼に座敷があるから、まずはそれだね」

「昼からお酒を飲んで遊ぶのですね」

もちろんいつ遊ぶかは人の自由だ。それでも、同心の家で生まれ育って同心に嫁いだ沙耶には違和感がある。

「昼から酒を飲む客はね、二種類いるんだよ」

音吉が真面目な顔をした。

「二種類ですか？」

「ああ。ひとつは、商売を番頭にまかせて遊ぶ奴。親の金で遊ぶのもそうだね。つまり、仕事をしなくてもいい身分で楽しく暮らしてる人たちだ」

「もうひとつは？」

「芸者をあげて遊んでるように見えて仕事のことを考えてる客だね。あたしはこっちのほうが好きかな」

言いながら、沙耶のほうを見つめる。

「どうしたのですか？」

「うん。それで、沙耶には今回も外箱を頼みたいんだけどさ。その格好だと箱屋には少々固いかな。着物、用意しておいたから」

おりんがすぐに着物を持ってきた。千草《ちぐさ》色の地の着物に、紅藤《べにふじ》色の羽織《はおり》。羽織には音吉と同じ鈌《かん》つなぎが染められていた。

「付き人というよりも恋人のようですね」

思わず呟《つぶや》く。その瞬間、音吉の目が輝いた。

「そう見える？　沙耶もそう思う？」

「だってわたしと音吉でお揃《そろ》いみたいじゃないですか」

「お揃いだからね」

音吉があっさりと言った。

「わたしのために仕立てたのですか？　いつ？」

「箱屋の着物は芸者が仕立てるのさ。そもそも外箱ってのは芸者の情人《いろ》なことが多いからなんだよ。ヒモってやつだね」

それから、音吉は真面目な顔で沙耶を見た。

「しばらくあたしの男をやってくれないかな」

一瞬、なにを言われているのかわからない。

「どう対応したらいいのでしょう？」

「あたしに聞くのかい」

音吉が苦笑した。

「姐さんはいま困っているのです」

おりんが口をはさんだ。

「邪魔するんじゃないよ」

音吉が顔をしかめる。が、おりんは引き下がらずに沙耶の方を見た。

「いま、ある男に言い寄られていて、ですから沙耶様に……」

「でも、それなら男の人に頼むほうがいいのではないかしら」

「駄目です」

おりんがぴしゃりと言った。

「音吉姐さんが男の情人を作ったとなっては、客筋に影響が出ます。沙耶様くらい美《び》貌《ぼう》の女性がそばにいるなら、お客は二人揃って贔屓《ひいき》にしてくださるのですよ」

「そういうものなの？」

「男の情人では体が汚れます」

おりんに言われて納得する。たしかに、男の情人がついていたら客としては興ざめだろう。沙耶ならいいのかという疑問もあるが、男よりはましなのかもしれない。

それで付け回す相手が減るなら、沙耶としては断れない。音吉には世話になっているのだし、このくらいはいいだろう。

「わかりました。お受けします」

沙耶が答えると、音吉が嬉しそうに沙耶の両手を自らの両手で握った。

「じゃあ、これからよろしく頼むよ」

「はい」

答えながら、その男についてもう少し話を聞きたいと思ったが、口を閉ざす。言いたいのであれば、最初から言うに違いない。言わないということはわけがあるのだ。

もし事件がからんでいるなら、そのうち巻き込まれることになるだろう。

「じゃあ、用意してくるから、そうしたら出かけよう」

「お座敷に行くのですね」

「ああ。約束があるからね」

「どちら様とですか？」

沙耶が聞くと、音吉が吹き出した。

「座敷だよ。客に呼ばれることを約束っていうのさ」

どうやら、言葉の勉強から必要なようだ。

「辰巳園《たつみえん》まで行くよ」

辰巳園というのは、永代寺《えいたいじ》門前仲町の中でもやや奥まったところにある料理茶屋だ。本格的な料理茶屋で芸者も呼べる。いかがわしい店と違って品格のある店だった。

音吉の家を出ると、三味線の入った箱を渡される。これを持って前を歩くのが沙耶の仕事らしい。

おりんとおたまは提灯《ちょうちん》を持って音吉の後ろを歩く。昼間なので火は入れていないが、「音」という字の入った提灯を下げている。

といっても蛤町から永代寺は目と鼻の先だ。辰巳園までもあっという間についてしまった。

辰巳園は門構えも立派で庭もある。庭にはさまざまな木が植えてあった。それを眺めながら中に入る。玄関から上がると、大広間に通された。大きな床の間のある広間で、沙耶の家がすっぽり入りそうだ。

「立派ですねえ」

感心すると、音吉は肩をすくめた。

「まあ、こうやって気持ちを盛り上げるのさ。ここには大きな広間が四つあって、宴会ができるようになってるんだけどね。お忍びの旦那衆は小さな部屋で四人くらいで楽しむのが好きなんだよ」

「大きな部屋の方が盛り上がりそうですが」

「でも、人数が多いとお楽しみも少ないし、密談もできないからね」

音吉が少し眉《まゆ》をひそめた。どうやら、「密談」に思うところがあるらしい。

「沙耶は少し控えの間に行っていておくれでないかい」

音吉は三味線を受け取る。おりんとおたまは部屋の中で手伝うらしい。外箱は普通男がつとめるだけに、座敷とは無縁なのだろう。

帳場の横から裏口に向かって歩くと部屋があって、そこに箱屋らしい男たちが四人座っていた。

沙耶が頭を下げると、男たちも下げた。

悪人という顔ではないが、身を持ち崩している印象がある。男たちの煙管《キセル》から出る煙で、部屋の中はやや煙たい。

月也は煙草《たばこ》を吸わないから、煙管の煙は刺激が強い。

「箱屋にこんな別嬪《べっぴん》さんが来るとは思わなかったな」

男の一人がにやにやと笑いながら座るように勧める。どうも値踏みされているようで気分が悪い。

「なんで男の格好なんてしてるんだい」

「人になにか問うなら、名前くらい名乗ったらいかがですか？」

思わずきつい言い方になる。男たちは四人。声をかけてきた男はやや浅黒い感じで目つきも一番よくない。

目つきのいい男と太った男はいなかった。みなどこか浮《うわ》ついていて、地に足のついた雰囲気の男はいない。

「気の強い姐さんだな。俺は市松《いちまつ》っていうんだ」

声をかけてきた男が名乗った。それから、熊二《くまじ》に竹蔵《たけぞう》、寅助《とらすけ》と名乗っていく。

「わたしは沙耶といいます。よろしくお願いします」

再び頭を下げる。いまの沙耶は町人なのだし、相手は箱屋としては先達《せんだつ》だ。下の者としての礼儀は必要だろう。

「それで、なんで男の格好してるんだい」

「音吉姐さんの好みです。この方がお好きということで」

「音吉さんのところの外箱か。おりんやおたまじゃ少々頼りないってことかな。まあ、気持ちはわかる」

男たちが頷いた。

「気持ち？」

「あんたなにも聞いてねえのかい？」

「はい」

沙耶は素直に答えた。音吉はやはりなにか面倒ごとに巻き込まれていて、しかもそれはわりと有名なことらしい。

「教えていいものかな」

市松が口ごもる。

「教えてください」

音吉がなにも言わなかったのは、沙耶が事情を知らない状態を作りたかったのに違いない。

人間は知っていることだと、知っているという気持ちが先に立って相手の話をきちんと聞けないことが多い。

だから中途半端に知っているよりは知らない方がいいのだ。聞く側だけではない。話す方も、相手が知っている素振《そぶ》りを見せると話す気がなくなってしまうことがある。

隠そうとしても雰囲気に出るから、本当に知らない方がいいのだ。

「音吉姐さんの外箱として、なるべく知っておきたいのです」

男たちは顔を見合わせた。それから、市松がまたにやついた顔になった。

「でも、ただっていうのはいやだな」

「お金ですか？」

「いや、あんた別嬪だからな。女っぽい礼がいいな」

どうやら、沙耶に不埒《ふらち》な考えを持ったらしい。

ここで十手を出すわけにもいかないし、そもそも今日は持っていない。かといって男たちの言いなりになることはできない。

「どうだい？」

市松がなれなれしく肩に右手をかけてきた。

「わかりました」

沙耶は立ち上がって少し後ろに下がった。

「裸にでもなってくれるのかい？」

熊二が笑いを含んだ声を出した。

沙耶は黙って懐《ふところ》から小刀を取り出した。十手は持たなくても、一応小刀は持っているのがたしなみである。

こんなところで抜くのは礼儀に反するかもしれないが、武家の妻としては仕方ないことである。

「斬《き》ります」

きっぱりと言うと、男たちは驚いた様子を見せた。

「いや、もちろん冗談だ、すまない」

市松があわてて言う。

「ていうかあんた武家の人間なのか」

熊二が言葉を重ねた。

「いえ。町人です」

答えながら、男たちを睨んだ。

「いや、武家だろう。どう見ても」

「町人と言ったら町人です」

強く言うと、男たちはまた顔を見合わせた。

市松がため息をつく。

「まあ、どちらでもいいよ。箱屋ってのは身を持ち崩した連中が流れつく場所だしな。武士だった奴もそれなりにいるんだ」

それから、市松はさっきまでとは雰囲気の違う笑みを浮かべた。

「まあ、座ってくんな。沙耶さん」

そうして。

沙耶は市松たちの話をゆっくりと聞いたのだった。


そのころ月也は、生まれてから一度も経験していない危機に立ち会っていた。

「はい脱いで。褌もね」

百弥が当たり前のように言う。

陰間茶屋「花川戸」の中の一室である。

「全部脱がねばならないのか？」

「当たり前でしょ。あんたこれから女になるのよ。男の心もろとも脱いじゃって」

「男の心を脱ぐわけにはいかぬ」

月也が答えると、百弥はあきれたような表情になった。

「あんた、なんのためにここに来たの？　捕り物ごっこのため？　ごっこ遊びなら他でやってちょうだい。あたしの時間を返して」

百弥にまくしたてられて、月也は困惑する。

たしかに月也は重要な任務を帯びている。奉行所にとっては表沙汰《おもてざた》にできないうえに大切なことだ。そして、月也の女装が必須《ひっす》なのである。

月也が彼岸《ひがん》のころ、湯治《とうじ》の旅に出た少し前あたりから、一人の女性が日本橋の陰間茶屋に出入りするようになった。

「美沙《みさ》」と名乗るその女性は身分を隠していたが、金の使いっぷりがいい。たちまち陰間茶屋で奪い合いが始まるほどのいい客であった。

ところが、どうも大奥の女性ではないかという疑いが出たのである。

大奥というのはもちろん将軍の側室を指すが、住んでいるのは側室だけではない。側室を支える使用人も多い。

問題なのは、使用人も、「禁欲」を強いられることである。中でもひどいのは「お清《きよ》」という仕事である。

将軍には、身の回りの世話をする「御中﨟」が八人いる。容姿にすぐれた者が選ばれていて、誰もが側室候補である。

その中で、将軍の手がつかなかった中﨟を「お清」と言う。彼女たちは将軍の夜の様子を別室で書きとって、側室が無茶な要求をしないか監視していた。

自分は未経験なのに、毎晩将軍の夜の営みの様子を聞かされるのだからたまったものではない。

おまけに、将軍が死ぬまでは実家に戻ることもできなかった。

大奥の中では、将軍の相手をする可能性もないので、負け犬としてやや弱い立場でもある。

そういった欲求不満を解消するために、陰間茶屋に通って恋愛をする者もいないわけではない。ただし、見つかるとただではすまない。お清だけでなく、相手をした陰間ももちろん死罪である。

大きな問題になるうえに、表沙汰になると町奉行所にも影響する。そもそもこの世に陰間や役者などがいるのが悪いという極論まで出そうだった。

なので、事が公《おおやけ》になる前に食い止めるのが月也の役目なのだ。

といっても、月也が美沙の心を射止めて気に入られるというのが条件なので、正直できるような気はしなかった。

恋仲になったらなったでややこしいし、まるで乗り気になれない。

いったいどういう人選なのか、と文句を言いたいくらいだ。それでも奉行の筒井や内与力《うちよりき》の伊藤桂《いとうけい》の頼みでは仕方がない。

あきらめて褌も脱いで裸になった。見られているといっても男同士だし、風呂にでも入ったと思うしかない。

百弥は、月也の裸を丹念《たんねん》に眺めると、小者《こもの》を呼んで耳打ちをした。小者が頷いてどこかに行く。

「もういいか？」

「もう少し」

「なんのために裸になっているのだ。文句は言わぬゆえ説明してほしい」

「あんたをどうやって仕立てるかを決めるのよ」

「仕立てる？」

「一口に陰間といってもいろいろあるの。男らしい兄貴《あにき》風の人もいるし、どこから見ても女にしか見えない人もいるのよ。その人の性質に合わせてどんな陰間にするか決めてるの」

「自分で決めるのではないのか？」

「なに言ってるの。商売なのよ。売れそうな形に仕立ててそれを演じるに決まってるじゃない。自分の気持ちでどうにかしたいというなら、仕事以外でやってもらいたいわ」

百弥は真剣な表情で言った。

なるほど、と月也は思う。同心にも同心の規律があるように、陰間にも陰間の規律があるのだろう。

仕事でやるからにはきちんと役目を果たすのが筋というものだ。

そう考えると、言いにくいことをずばずばと言う百弥は、悪役になることを恐れない、いい奴なのかもしれない。

そう思って百弥を見ると、人柄のよさそうな顔に見える。きちんと仲良くなるに越したことはない。

「それで、俺はどんな陰間になるのだ？」

「全然わかってない陰間にするわ」

「わかってない？」

「そう。思わず説教したくなるような奴ね。そういうのって案外母性をくすぐるのよ。あんた、失敗ばっかりしてるでしょう？」

百弥に言われて思わず黙ってしまう。たしかに月也の人生は失敗ばかりだ。沙耶がいるからなんとなく形になっているという気がする。

そういえば、今回は久々に沙耶のいない仕事だ。沙耶に相談せずにうまくやれるものだろうか。

思わず不安になるが、沙耶が小者になる前は一人でやっていたのだし、ここは一人でしっかりやれるところを沙耶に見せておきたい。

「失敗したことはあるが、ばかりではないぞ」

「はいはい。じゃ、着替えてね」

百弥の小者が持ってきたのは、褌の代わりに縮緬《ちりめん》だった。身につけても風通しがいいだけでまるで落ち着きがない。

服の方は薄紅《うすべに》色の地の着流しで、萌黄色の羽織である。とてもではないが街中を歩くような格好ではない。

「これは誰に見せる格好なのだ？」

「お客さんよ」

当然のことを聞くな、という顔で百弥は言った。顔は口に紅を引いた以外特別いじられていないから、顔はほぼ普通の男のままで首から下が役者のような状態だ。

正直言ってかなり恥ずかしい。

「とりあえず客の相手をして慣れて」

「客の相手というのはなにをすればいいのだ？」

「酒を飲ませて話の相手をすればいいのよ」

「わかった」

ここは覚悟を決めるしかなさそうだ。

「じゃあ、頑張って」

百弥は楽しそうに言ったのだった。


「『泣き男』って知ってるかい」

音吉が、笑いを含んだ声を出した。

「泣き男？」

沙耶は思わず聞き返す。

「そう。泣き男。最近日本橋の陰間茶屋に変な男がいてね。客の愚痴《ぐち》を聞くたびにもらい泣きをするらしいんだよ。その泣きっぷりが評判で客がついてるらしいよ。本人も勘違いした妙な格好らしい」

「もしかしてそれ、月也さんですか？」

「沙耶の亭主は陰間の才があるみたいだよ」

音吉がこらえきれない、という様子で笑う。

「そのお話、食事をしながらうかがいますね」

月也のことは気になるが、食事の準備をする時刻だった。

ここ数日、月也は百弥の家、沙耶は音吉の家で暮らしていた。

沙耶は箱屋という立場なので、音吉の身の回りの世話をしている。音吉は世話のしがいのある性格であり、沙耶としては楽しかった。世話というのは相手が喜怒哀楽を出してくれるとやりがいがある。食事にしても、美味い、不味《まず》いというのを態度に出してくれることが望ましい。

「ご飯が炊けてますよ」

台所に行くと、おたまが待っていた。おりんの方は料理が苦手らしくて、食事はもっぱらおたまが作っていたようだ。

ご飯は炊いてもらえるので、沙耶はおかずを作るだけだった。

「ありがとう。あとはわたしがやります」

おたまから引き継いだ。

音吉のための食事を作るのは面白い。芸者の食事は月也とはまるで違う。一番違うのは、匂いのある食材を食べないことだ。

納豆はもちろん、鯖《さば》や鰯《いわし》といった青魚《あおざかな》も食べない。魚で食べるとしたら鯛《たい》や平目《ひらめ》ということになるが、音吉は家では魚自体をほぼ食べない。客に誘われればいろいろと食べるが、家では禁欲的だった。

芸者も肉体労働だから、精のつくものは必要だ。少々値は張るが、卵で精をつけることになる。

鍋にたっぷりとごま油を入れる。そうしてから生卵を二個割り入れた。ごま油と卵を火にかけて温める。

そうしておいて山芋《やまいも》を手早くすりおろす。丼にたっぷりの山芋をすりおろしたころには、鍋の中の卵がふつふつと煮える。

卵の白身が固まって黄身が温まったところで、ごま油ごと山芋の中に流し入れる。しゅわっという音がして、山芋に泡が立った。

そこに醬油をかけ回す。

ふだんはこれに葱を散らすのだが、芸者の音吉は生の葱を食べない。代わりに大根の皮を細く刻んだものを使った。

これを飯にかけて行儀悪く食べるのがいい。音吉の行儀が悪くなってしまうのは申し訳ないが、精がつくうえではこれが一番である。

それから、大根をすったものと、梅干しを叩いたものをあえる。

味噌汁の具は豆腐にした。

音吉のところに持っていくと、音吉が目を輝かせた。

「いい匂いだね。どうやって食べるんだい？」

「行儀悪くご飯にかけてかき込んでください」

「それはいいね」

音吉は楽しそうである。女でかき込むという食べ方をすることはまずない。沙耶の方が変わっているのである。もっとも、両親にばれたら自害しろと言われかねないような食べ方ではあるのだが。

「美味しいね、これ。沙耶は食べないのかい？」

「一度にたくさん作るのは難しいんですよ。だからまずは音吉に」

「みんなの分も作っておくれでないかい」

「わかりました」

おりんとおたま、そして自分の分も作る。全部一度に作るとどうしても味が落ちてしまうので、順番に出す。

おりんもおたまも、これは気に入ったようだ。

「行儀悪いですね」

言いながら楽しそうに食べる。行儀悪いというのは案外楽しいものだ。沙耶が自分の分を食べるころには、音吉はゆっくりとお茶を飲んでいた。

「それで沙耶。相談があるんだけどね」

「はい」

沙耶は大きく頷いた。

「それにしても、こんなことになるとはね」

音吉がため息をついた。

「まったく困ったもんだよ。まあ、あたしたちのような商売をしているとどうしてもつきものだけどねえ」

音吉に言い寄っているのは、札差《ふださし》の坂倉屋《さかくらや》吉兵衛《きちべえ》という男であった。芸者にとって札差はやっかいな相手である。とにかく金と力がある。

札差は、年貢米《ねんぐまい》を現金に換える仕事だ。武士の俸給《ほうきゅう》の源だというのもあって武家は札差とは事を構えたがらない。

大名に対して金を貸し付けることもするから、大名も札差には弱い。言ってしまえば江戸の権力の中心にいるようなものだ。

金と権力をはかりにかければ金の方が重い世の中である。札差がその気になれば芸者の一人くらいどうとでも滅ぼすことができる。

相手がそうしないのは「野暮天《やぼてん》だね」と言われるのをいやがっているというくらいの理由である。

そしてこの吉兵衛の音吉に対する執心は相当なものらしい。

音吉がやんわりと断っても響かないようで、何度も何度も言い寄るそうなのだ。

そのしつこさは芸者の世界に身を置く者誰もの目に奇異に映るほどだと、市松たちが語っていた。

「金の力で女をものにしようというのは感心しませんね」

「そうなんだよね。今回ばかりはあたしもほとほと困った」

言ってから、音吉はお茶を一口飲んだ。

「ただ、わからないこともあるんだ」

吉兵衛はとにかく金がある。金を目当てに吉兵衛に囲われたい女は升《ます》で量《はか》って売るほどいるだろう。

芸者にしてみれば、札差が旦那についているとなるといろいろ便利である。芸者にとって一番面倒なのは「箱止《はこど》め」だ。芸者の手配をする置屋から「もう手配しません」と言われると干上《ひあ》がってしまう。一軒ならまだしも、数軒箱止めをくらうと廃業するしかないのだ。

ただし、芸者の玉代《ぎょくだい》を踏み倒したりするタチの悪い置屋に対しては「箱遠慮」といって芸者の方から断ることもある。

しかし箱遠慮は滅多《めった》に起こることではない。芸者は基本的には弱い立場なのである。それだけに強力な旦那がいれば立場が変わる。だから札差は女に困らない。

「こういっちゃなんだが、あたしは座敷に呼ぶにはいい女だけどさ。妾《めかけ》にするには面倒な女なんだ。それも言ったんだけどね」

「それでも音吉が好きなんですね」

「まさか。そんなことはないだろう」

音吉が鼻で笑った。

「あたしは金持ちの札差の誠《まこと》なんて信じないんだけどさ。万が一にもあたしの勘違いで本当はいい人なら、いろいろ考えもあるんだよ」

「でも、噂にもなっているのではないですか？」

「噂は駄目だ。特に金持ちの噂は信じられない」

音吉がばっさりと言った。

「金に嫉妬《しっと》して悪口を言う奴は、金に媚《こ》びて無駄に褒《ほ》める奴でもあるしね。自分の目で確かめるしかないんだ。あたしが見るうえでは悪い男じゃないようにも思える。でもあたしは、自分の目が信じられないのさ」

音吉はけっこう吉兵衛を警戒しているようだった。

「ところで泣き男のことなのですが」

沙耶は気になっていた話題を出した。

「ああ。あれね。まあ、月也の旦那ってのはあれだね。ある種の男にはすごく人気が出るんだね。驚いたよ」

「誰に人気があるのですか？」

「金持ち」

「なぜですか？」

沙耶が訊《き》くと、音吉が笑い出した。

「金持ちってのはさ。相談できる相手が案外いないんだよ。妾を囲うのも半分は愚痴のためだからね」

「妻に愚痴ればいいのではないですか？」

「妻ってのはなかなか愚痴を聞いちゃくれないんだよ。みなが沙耶のようなできた女房じゃないしね。そもそも金持ちは、くだらない愚痴とくだらない自慢が多いんだよ」

「くだらない、ですか？」

「そうそう。商売敵のあいつの顔が嫌いだの、麦湯《むぎゆ》売りの娘が自分に気があるような気がするだの、ってやつだね」

夫がもてた話は妻なら誰でも怒りそうだが、それ以外なら笑って聞けるように思う。

「妻は聞いてくれないけどさ。女にうかつに愚痴ると、金持ちの場合はややこしい。懐の金を体で狙ってくるからね」

「それで陰間茶屋ですか」

「もちろん男色好きが行くんだけどさ。月也の旦那の場合は本気で同情して本気で涙ぐんでるんだろうよ。あの人は天然だからね」

たしかに月也だったら相手が困っていたら真剣に同情するだろう。色ではなくて人柄の部分に客がつくのもわかる。むしろ同心よりも合っているかもしれない。

いやいや、と沙耶は心の中で首を横に振った。月也は江戸の町を守るために潜入しているのだ。仕事を忘れて本気で泣いているなどというのはさすがにありそうだった。

むしろ、役目を忘れて本気で泣いているに違いない。そうしているうちにも、どこかで役目にはひっかかるだろう。

「あ、でも少し心配だね」

「なにがですか？」

「浮気だよ」

「浮気？」

全然考えていないことを言われて、沙耶は思わず音吉を見つめた。

「月也の旦那は女にもてそうだからね」

「そうなのですか？」

「もてるね」

音吉がきっぱりと頷いた。

「いままでそう言われたことはありません。音吉だってそうおっしゃったことはないではないですか」

「同心やってたらもてないよ、そりゃ」

音吉がくすくすと笑う。

「でも、陰間として客の相手をするとなると話は別さ。こう言っちゃなんだが、ものすごく合ってるんじゃないかな」

そう言われて、にわかに不安になる。

「もしかして、わたし、捨てられるんでしょうか」

「なぜ？」

「だって、すぐにわたしよりもお似合いの人が現れるのではないですか？」

沙耶が言うと、音吉が脱力したような表情になった。

「いや、そんな心配はないだろう。むしろなんでそんなこと考えるんだい」

「月也さんがもてるとおっしゃったではないですか」

「それと夫婦は全然違うんだよ。それに、相手はともかく月也の旦那は沙耶じゃないと駄目だと思うよ」

「そうなのですか？」

「そうですよ」

おたまが会話に割って入る。

「そもそも、月也様は身持ちが固いというよりも、ほかの女性にきちんと接することができないのです」

「そうかしら」

「沙耶様以外が相手だとなんだか緊張してしまって、ぎくしゃくしてらっしゃいますよ」

「そんな感じはしないのだけれど」

「沙耶様が一緒にいるときは落ち着いてらっしゃるのです。でもおひとりだとなかなか頼りないです」

そうなのか、と沙耶は思う。たしかに、沙耶といないときの姿を見ることはできない。だから沙耶のいない月也が女性とどう接しているのかは想像できなかった。

とはいえ、頼りないなら女は母性をくすぐられるだろうし、月也の心を揺さぶる相手が絶対にいないとも言えないだろう。

「まあ、もし旦那と別れたら沙耶は芸者になるといいよ」

音吉がにやにやと笑う。

「別れるだなんて、縁起でもないことを言わないでくださいよ」

「まあ、そんなことはないだろうけどね」

「そうですか？」

「あたしたちの言うもてるっていうのは、沙耶が思うのとは少し違うんだよ。といっても気になるだろうから、ちょっと見に行ってみようか」

音吉がいたずらっぽい顔をする。

「今日もお座敷があるのでしょう？」

「あるけど、多分すぐ終わるよ。例の吉兵衛さんなんだ。空約束《から》じゃあないかな」

「空約束とはなんですか？」

「ああ。芸者を呼ぶのを約束って言うのは前に話したろう？　客がつかないと芸者が困るじゃないか。だから自分は来ないけど座敷の約束だけ入れて、お金を渡してくれるのを空約束って言うんだよ。今日のお座敷は多分空約束だね」

「それってわかるものなんですか？」

「必ずわかるものでもないけどさ。この時間の座敷ってたいてい空約束なんだよ、吉兵衛さんに呼ばれたときはね。まあ、撒き餌《まえ》かもしれないけどね」

「撒き餌？」

「いい人だって思われたいだろう」

警戒からか、音吉は吉兵衛には手厳しい。

「じゃあ行こうか」

音吉が立ち上がる。

「今日は山本町《やまもとちょう》にある笹屋《ささや》って小料理屋さ」

「はい」

家から出ると、音吉が沙耶に三味線の箱を持たせた。

「いいかい。外箱っていうのはわたしの少し前を歩くんだよ。あと、肩で風を切っておくれでないかい」

肩で風を切って歩くと、やや身を持ち崩したような気分になる。こうやって形から入るうちにだんだん柄が悪くなるのかもしれない。

笹屋に着くと、前と違って随分《ずいぶん》とつつましい料理屋だった。

「狭霧《さぎり》さんのお店みたいですね」

「似たようなものさ。ちゃんとした料理屋は人が多いからね。こぢんまりした隠れ家が好きな人もわりといるんだ」

音吉にとっては慣れた店のようだ。店の戸をくぐると、すぐに女将《おかみ》が出てきた。

「おや、音吉さん。いらっしゃい」

「お世話になります」

音吉が頭を下げた。

「今日は空約束なんだろう？」

音吉が言うと、女将が首を横に振った。

「それが、今日はいらっしゃるそうです」

「そうなのかい？　でも、それじゃ芸者の数が足りないんじゃないかい。あたしだけってことはないだろう」

「今日は音吉さんだけなんですよ」

「そんなことはないでしょう」

「いえ。他には呼ばれてないです」

音吉は見る間に不機嫌な表情になった。

「まさか、女将も一緒になってあたしを口説《くど》く手伝いをするんじゃないだろうね？」

「いえ。口説くつもりなのではないと思います」

それから、女将は沙耶の方に目を向けた。

「そちらの方も同席してほしいということですから」

「そちらの方って……」

女将が手のひらを沙耶に向けて言う。

「その方です」

「おたまやおりんじゃなくて沙耶なのかい？」

「そうです」

音吉は考え込んでいるようだった。沙耶にしても、なぜ沙耶が呼ばれるのかわからない。

吉兵衛側になにか理由があるのだろう。

しかし、札差ともなれば、同心や岡《おか》っ引《ぴ》き、火盗改《かとうあらた》めにいたるまで、機嫌をとろうとする人間は数多い。わざわざ沙耶に頼むというのは考えにくかった。

それでも他の理由はなさそうだ。

「座敷にあがって待っていてくれということです。もう線香はつけてしまっていいそうですよ」

「そいつは豪気《ごうき》だねえ」

「豪気？」

「芸者への支払いは線香が燃えた本数でするんだよ。線香一本が燃え尽きるまでの時間ではかるのさ。線香代じゃ辛気《しんき》くさいのか、玉代って呼ぶんだけどね」

「では、もう線香をつけていいというのは、いまからお代がかかるということなんですか？」

「そうなるね。ていうか、沙耶はどういう扱いなんだい。沙耶に用事があるなら沙耶にも玉代が出るんだろうね」

「みんなに出ますよ。今日は半玉も芸者扱いでいいそうです」

「なんだい。頼みを断れないようにする罠《わな》じゃないだろうね」

毒づきながらも、悪い気分ではないらしい。

「自分よりも、下の子に良くしてくれる方が嬉しいね」

たしかにそうだ。沙耶にしても、月也に良くしてもらう方が自分にされるよりも嬉しい。

吉兵衛というのはどのような人物なのだろう、と興味を持つ。

音吉は札差は信じられないというが、沙耶にはまだよくわからない。

音吉たちと一緒に座敷にいると、しばらくして吉兵衛がやってきたようだった。座敷の襖《ふすま》があき、音吉がきちんと礼をした。

「ごめんなさい」

沙耶もあわてて隣で「ごめんなさい」と口にした。どうやらそれが芸者の挨拶のようだった。

「自分があとから来たのは初めてですよ」

吉兵衛はおだやかな笑みを浮かべた。

年齢は五十というところだろうか。札差らしくない容貌《ようぼう》だった。札差に限らず金を扱う仕事の人間は独特の雰囲気がある。どこか人を値踏みするような目つきをしていることが多いのだが、吉兵衛にはそれがない。

どちらかというと騙《だま》されやすそうな風貌だった。

といっても、実際には札差をやっているのだから、裏の顔を持っているということだろう。

音吉が信じられないというのは、この容貌からくるのかもしれない。

「はじめまして。坂倉屋吉兵衛と申します。沙耶様ですね」

「はい。よろしくお願いします」

沙耶は畳《たたみ》に両手をつくと頭を下げた。

「お武家様が簡単に頭を下げなくてもよろしいですよ」

「本日はあくまで箱屋ですから」

言いながら、ふと音吉の方を見た。

音吉はなんだか落ち着かない様子でそわそわしている。

「今日は空約束かと思ったら珍しいじゃありませんか」

「音吉の顔を見たかったんだよ」

「沙耶の顔でしょう。あたしの顔なんて見ても一文の得にもならないですからね」

音吉が軽く毒を吐いた。

それからあらためて両手をついた。

「こんばんは。ありがとう」

そんな様子の音吉を見て、沙耶は「おや？」と思う。もしかして、音吉は吉兵衛のことが好きなのかもしれない。困っているのも本当なのだろうが、なんとなく恋をしている気配がある。

それなら素直に口説かれてもよさそうなものだが、相手は札差だし、裏切られたくないという気持ちが強いのかもしれない。

「ところで、なぜわたしに用事があるのですか？」

沙耶は気になっていることを聞いた。吉兵衛が真剣な表情になる。

「じつはご相談があるのです」

「なんでしょう」

「わたくしの姪《めい》が大奥に勤めさせていただいているのですが、最近抜け出して遊んでいるような気がするのです」

「大奥から？」

「はい」

「一体どうやっているのでしょう」

沙耶は思わず訊いた。大奥というのは、そう簡単に出入りできるものではない。外から入るのには身体検査がある。

そもそも大奥に勤めている人間が簡単に外には出られない。なにか理由があっての外出でも季節に一度ぐらいのものだろう。

「その姪御さんは、側室の方なのですか？」

「いいえ。姪はお清でして、側室ではないのです。なので上様がお亡くなりになられたなら、実家に戻ってまいります」

つまり、将軍が死ぬまでは大奥で暮らすということだ。それまで外出はしないことが基本である。

「どうやって抜け出しているのでしょう？」

「それがわかれば相談はしませんよ」

吉兵衛は苦笑した。

「姪が本当に遊んでいるのか、だとしたらどういう方法なのかを調べて、できれば止めていただきたいのです」

「ご本人に問いただしたのですか？」

「もちろん。ですが、そう簡単に口を割ったりはしないですよ」

「そうですよね。お名前は？」

「美沙と申します」

「なぜ出かけていると思ったのですか？」

美沙は大奥の中にいるはずなのだから、いくら札差でも見通すことはできないだろう。

「日本橋で姪を見た者がいるのです。他人の空似かもしれませぬが」

「それを確かめたいのですね。ただ、なぜわたしなのですか？　与力も同心も数多くいますけれど」

「奉行所の方に相談しても意味がないですよ。彼らは町人しか相手にできません。ましてや大奥など、なにかあったらすぐに首が飛びます」

「わたしも同心の小者でしかないですよ」

「ですが、幕府に通報もしないでしょう。金をせびるために美沙を人質にすることもしない」

どうやら、吉兵衛は同心に対しての印象がかなり悪いようだ。もちろん、そう思われても仕方がない側面もある。付け届けをくれない商人には冷たくする同心は少なくないからだ。

「信頼されるのはありがたいのですが、お役に立てる方法がわかりません」

「美沙が遊んでいる場所に踏み込んでほしいのです」

「踏み込む……美沙さんは、いったいどのような場所で遊んでいるのでしょう」

「陰間茶屋らしいのです。そこで遊びながら、特別な買い物もしているようです」

言われて、沙耶は思わず音吉と目を合わせた。

もしやと思うが、月也が働いている陰間茶屋に客として来ているということはあるのだろうか。

そうだとすれば話は簡単である。美沙の相手を月也がして説得すれば、丸く解決するに違いない。

沙耶はなんとなく安心する。が、音吉を見るとまったく逆で、心配そうな表情になっていた。

「どうしたのですか？」

「こいつはまずいね」

「まずいというのは？」

「月也の旦那が本当に大奥の女を相手にして、それがばれたりしたら切腹じゃないかな」

「そんな大げさなことにはならないでしょう」

「少しも大げさじゃないさ。もちろんそうならない可能性の方が高いけどさ。旦那があまり有名になると絵島《えじま》、生島《いくしま》の再来になるかもしれない」

「絵島生島の……」

絵島生島というのは、大奥の御年寄《おとしより》りの絵島と、役者の生島が宴会をしたという事件である。

そのために絵島が門限に遅れたということで、評定所の預かりになり、芝居の一座は解散、関係者は追放という処分だった。

いまから百年も前の事件だから、大分ゆるくはなっているだろう。ただ、宴席が長引いたというだけでも大事件になったのである。

だから、月也が密室で相手をしたとなると大変なことになるかもしれない。とはいっても奉行の命である。筒井が、月也に意味もなく危険な思いをさせるとは思えない。

なにか理由があってのことに違いない。筒井が真意を明かさないのはよくあることだから、黙って駒《こま》になるしかないだろう。

しかし切腹の危険があるなら、早くなんとかしたかった。

「どのようにすればいいのでしょう」

「まず、本当に城を抜け出すのだとしたらどのような手段があるのか。そうして手引きしている人間にはどのような利益があるのかですね」

「それを調べる方法を考えないとですね」

沙耶がため息をついた。

「いや、考えるまでもないさ」

音吉がきっぱりと言う。

「そうなのですか？」

「方法はあるんだ。ただし、金は少々かかるよ」

「それは心配ないです。いくらでもおっしゃってください」

金、といわれて吉兵衛は顔の表情をゆるめた。金で解決するならいくらでもということのようだ。

さて、どうしよう、と沙耶は思う。なにが起こっているのかはわかったが、音吉はどう調べようというのか。

美沙を説得しても、抜け出す方法がわからなければ、抜け出す人はあとを絶たないということになる。

「ま、今日のところは月也の旦那の様子を見に行こうじゃないか」

音吉は吉兵衛の方を見た。

「頼みはわかった。今日は少し調べに行くから、その……」

音吉は少々口ごもる。

「姐さんだけの座敷をまた立ててもらってもいいですか？」

おたまが割って入った。

「なに言ってるんだい。そんなはしたない頼み事をして」

音吉はたしなめたが、声に少々力がない。

「そのようなことならいつでも」

吉兵衛は上機嫌に言う。音吉を口説きはしても、自分になびいてくれるという想像は全くしていないらしい。

事件もだが、音吉が恋をしているなら、その行方《ゆくえ》も気になるところだ。

まあ、やれることをやるしかない。

沙耶は心の中でしっかりと気を引き締めた。

なんといっても失敗したら月也が死んでしまうかもしれないのだ。

「では、これをどうぞ」

吉兵衛が切り餅《もち》をひとつ置いた。

「今日の玉代です。これでさっくりと遊んでください」

月也の二年分の給金を超える額が懐からすぐ出てくるのを見ると、世の中というのは同心にやさしくない、とつい思ってしまう。

「じゃあ、行こうか」

音吉はすぐに立ち上がった。

「はい」

そして。

沙耶は月也のいる店に足を運ぶことになったのである。

深川から日本橋に行くには、新大橋《しんおお》を渡っていく。橋を渡ってそのまま進み、川口《かわぐち》橋の手前で右に折れて、左側に小川橋《おがわ》が見えたら渡る。

あとはまっすぐ歩けば芳町だ。吉原が移転したあとは陰間茶屋の町として繁盛していた。

「ところで、わたしもお邪魔してよかったのですか？」

牡丹が、少し気後れした様子で言う。

「もちろんいいわ。牡丹がいると心強いから」

沙耶が言うと、牡丹はほっとしたようにため息をついた。

音吉が、なにかあったときのためにと牡丹も誘ったのである。もちろん沙耶にも依存はない。

芳町が近づいてくると、ほんのりと甘い匂いが空気に混ざってくる。

「なんでしょう。甘い匂いがします」

沙耶が言うと、牡丹が空気の匂いをかいだ。

「これは伽羅《きゃら》の油の匂いですね。髪の鬢《びん》付け油でしょう」

「このあたりの人が伽羅を使っているから匂いがするのかしら」

「いえ。近くに伽羅油の店があるのでしょう。そうでなければこのように強い匂いは出ないですよ」

たしかに、若衆の多いこのあたりにはそんな店があってもおかしくはない。

「人形《にんぎょう》 町《ちょう》通りと芳町通りが交わったあたりが月也様のいる店ですよ」

「楽しみね」

牡丹に言われて、沙耶はどきどきする。月也の女っぷりなのか男っぷりなのかわからない姿を見てみたかった。

「花川戸という茶屋だったね」

音吉がうきうきと言う。

「そういえばこのお店の名は、助六《すけろく》というわけでしょうか」

「揚巻《あげまき》かもしれないけどね」

音吉がにやりとした。花川戸助六は、歌舞伎の「助六由縁《ゆかりの》江戸桜《えどざくら》」の中で主人公曾《そ》我五郎《がのごろう》が名乗った偽名である。

そして、主人公を助けた遊女が「揚巻」だ。

隠れ家という意味をこめてつけた店の名のような気がした。

「じゃあ、入ってみよう」

音吉が先頭を切って店に入る。が、すぐに出てきた。

「こいつは駄目だね」

「どうしたのですか？」

「月也の旦那の前に列ができてる。これは本物の人気だね」

「では、会えないのですか？」

「今日は無理じゃないかな」

「一目見てからあきらめます」

沙耶はそう言うと店の中に入った。月也の前に行列ができていて、他の若衆が月也を待っている客の相手をしているという様相だ。

遠くから見るかぎりでは、顔はいつもの月也だが、口紅を引いているように見えた。化粧はしているらしい。

「大変だなあ。お前、いい奴だなあ！」

月也の声が聞こえる。どうやら本気で共感しているようだ。月也らしいといえるのだが、客にとっては珍しいのだろう。

月也に会うのは無理そうなので、とりあえず店から出る。

「どうだった？」

音吉が面白そうに顔を寄せてくる。

「これでは近寄ることもできません」

「だよねえ」

「でも、月也様の優しさが活《い》きている気がしますよ」

牡丹が控えめに褒《ほ》める。

「でもこれは浮気しちゃうかもね」

「音吉は意地悪ですね」

沙耶が返すと、音吉は楽しそうに笑った。

「沙耶はうちに嫁に来なよ」

「そういう冗談は駄目ですよ」

音吉をたしなめつつ、どうしよう、と考え込む。なんとかして月也に状況を伝えないといけない。

夜を待っても難しそうだ。

「とにかく、そこらでなにか食べようじゃないか」

音吉が沙耶を誘った。たしかに、ここで行列に並んでいても仕方がない。

「お蕎麦《そば》屋さんでしょうか」

「いや、芳町には蕎麦屋がないんだ。鰻か会席《かいせき》だね」

「蕎麦屋がないんですか？」

「うん。ないね、このへんは。もう少し歩けばあるけどさ。芳町に来る連中は蕎麦って柄じゃないのかもね」

たしかにここに遊びに来て蕎麦では風情がないかもしれない。

「じゃあ、会席料理に行こう。行ったことがないんだろう？　沙耶の初めてをいただくことにするよ」

「へんな言い方をしないでください」

「このへんだと『菊村《きくむら》』かな」

「有名なお店なんですか？」

「そうだね。このあたりじゃ美味しいって評判だ」

どうやら、音吉はそれなりに芳町にも詳しいらしい。

「じゃあこっちだ」

音吉が親父《おやじ》橋の方に歩いていく。

会席は初めてなので、少し楽しみである。

そのとき。

「あの、よろしいですか？」

後ろから声がした。

振り向くと、一人の女性が立っていた。なかなか身分の高そうな雰囲気である。まさか問題の美沙かと思ったが、年齢は若い。

顔を見ると、なにか悩みを抱えているようだ。

「なんでしょうか？」

「あの方、月代《つきよ》様のお知り合いですか？　会話が聞こえたのですけれど」

月代様というのは、おそらく月也のことだろう。雰囲気のある名前をつけたものだ、と沙耶は思う。

「なにか聞いてほしいことがあるのですか？」

「はい。でも誰にも言えないんです」

「月代さんでなければいけないの？」

「月代様は、真面目に聞いてくださるという噂ですから」

「でも、働き始めて数日ではないですか？」

「それだけあれば噂には十分ですよ」

牡丹が口を挟んだ。

いったい月也はなにをしたというのだろう、と沙耶は不思議に思った。話に本気で共感するとはいえ、いくらなんでも噂になるのが早すぎる。

「ところで、お名前は？」

「失礼しました。梓《あずさ》と申します」

「なにか悩みがあるなら、わたしでよければ聞きますよ」

「ところで、月代様とはどのようなご関係なのですか？」

妻です、といいかけてやめる。一応若衆なのだから、妻がいてはいけない気がする。だとすると姉か妹だ。

自分がどちらに見えるかわからないが、姉にしておこうと思った。個人的には妹の方がいい気もするが、「姉」の方が相談されやすいだろう。

「姉です」

沙耶が答えると、梓はややほっとしたような表情を見せた。

「そうですか。お名前は？」

「沙耶と申します」

音吉が、先に立って歩きはじめる。

「まあ、昼から一杯飲みながら話そうじゃないか」

梓が戸惑った様子を見せた。

「わたくしは、売り飛ばしても価値はないですよ？」

「売るわけないでしょう。相談にのるのですよ」

沙耶に言われて、梓は少し安心したらしい。

会席料理の菊村は、表通りの商家といった佇《たたず》まいである。音吉は何度も来たことがあるようだ。店の外で掃除をしていた小僧がすぐに音吉に気付いた。

「座敷ですか？」

「今日は客だよ」

音吉が答える。どうやら、この店は芸者を呼ぶこともあるらしい。音吉は慣れた様子で店の座敷にあがり込んだ。

すぐに女中が出てくる。そこで、音吉が何か企んだような顔になった。

「例の料理を四人前とね、酒をおくれ」

「かしこまりました」

女中が下がると、音吉は梓の方を見た。

「あんた、ふつうの町人じゃないだろ。身を持ち崩してるんじゃなければ、どこかの武家の女中奉公だね」

「はい」

梓が答える。

「なぜわかるんですか」

沙耶は思わず音吉に尋《たず》ねた。いくらなんでも一目でわかるというのは沙耶には理解できない。

「まずさ。昼の真ん中に、陰間茶屋の前にきちんとした格好の女がいるってことからおかしいじゃないか。しかも女房じゃなくて生娘《きむすめ》風だろう？　考えられるのはそれぐらいだよ」

たしかにそうだ。近所に住んでいて、たまたま通りがかるなどということでなければ、普通は通る場所ではない。

沙耶はあらためて梓を見た。

葡萄《ぶどう》鼠の縞に黒襟《くろえり》。帯は媚茶《こびちゃ》である。遊女や芸者よりは素朴《そぼく》な色で、かといって商家のお内儀《かみ》という雰囲気はない。

しかし、武家に仕《つか》えている女中が陰間茶屋に来るというのも、そうあり得る話ではない。

「いったいどのような訳があるのですか？」

沙耶が声をかけると、梓はどうしようか、と迷った表情を見せた。といっても本当に話さない気ならここまでついてくるはずもない。

「こちらにいるのは深川芸者の音吉さんといって、頼れますよ」

そういうと、梓は話す決心をした様子を見せた。

「それで、どうして月代さんを探していたのですか？」

「じつは、あるお方にお酌《しゃく》をしてくれる人を探しているのです」

ある方、というのは美沙のことだろうか。わざわざ人を使って若衆を探すというのだから、可能性はある。

「どのような方がいいのですか？」

「まず、口が堅《かた》いこと。それから、なるべくなら武家がいいのです」

「なぜですか？」

「今回相手を探している方が武家の方なのです」

武家で若衆となるとたしかに限られる。浪人であるならば若衆もいるだろうが、武士となると少ないだろう。

とすると、月也は武士で若衆というところを売りにしたのかもしれない。

それならあっという間に噂が広まるのもわかる。町人は武士に対しては憧れるところがあるから、武士の若衆なら行列もできるに違いない。

「どのような方が月代さんを求めているのでしょう」

「言わなくてはなりませんか？」

「そうでないと紹介のしようがありません」

「それはそうですが、そこを内緒ではいけませんか」

どうしよう、と沙耶は思った。内緒のままでは、当たりか外れかわからない。といっても向こうも簡単には話せないだろう。

「では内緒のままにしましょう」

沙耶は頷いた。

このあと酒が回れば語りたくなることもある。

「ところで、月代さんについてなにが訊きたいのですか？」

沙耶が水を向ける。

「若衆になった理由が知りたいのです」

「なぜ？」

「信用できる方なのか知りたいのもあるのです。そして、本当に武士なのか、浪人なのかも知りたいです」

若衆の身辺調査など聞いたこともないが、梓の表情は真剣そのものである。まさかお役目とも言えないから、少し迷う。

しかしあまり迷っていては怪しまれるだろう。

「お金のためです」

一番無難と思える答えを返した。

「たしかに武士は貧しい人が多いですが、芳町で働くというのは並々ならぬことでしょう」

「といっても、月代さんは体を売るわけではないですよ」

ここはっきりと言う。そうでないと夜の相手をさせられかねないからだ。もし相手が美沙なら、夜の相手をしてばれれば切腹である。

大奥は、基本的に「将軍の女」でできている。どんなに高齢だろうが、身分が低かろうが、「将軍がその気」になれば関係ない。

だから大奥の女は他の男と夜を共にするのは許されない。

将軍が死ねば、手が付いていない女は実家に帰ることができるが、お手付きであれば将軍の死後も他の男の妻にはなれない。

一生菩提《ぼだい》を弔《とむら》うという形で将軍に仕えるのである。

いまの十一代将軍家斉《いえなり》は女好きだ。大奥の女が生んだ子だけでも数十人というのは家斉くらいなものである。

　それだけに大奥は、いつ手が付くのかわからないという状態だ。一応三十歳を越えれば、「お褥《しとね》お断り」ということでもう手は付かないことになっている。

　だが、それも将軍の気分ひとつなのである。

　大奥の女は全員が側室候補というのが前提だった。

「お酌とお話だけをされるのですね？」

「ええ。若衆の格好をしていますが、男性とはもちろん、客の女性とも夜を共にする趣味はないのです」

「それは人気が出るわけですね」

　梓は大きく頷いた。

「そうなのですか？　本物ではないから嫌われるかと思いました」

「もちろん形だけの若衆ということで嫌う人もいるでしょうが、実際にはそうではないですよ」

「なぜですか？」

「だって、もともとその気がない相手が自分にだけなびくって素敵でしょう？　俺の色に染めてやるという感じがするではないですか」

梓は妙に嬉しそうに言った。

沙耶も納得がいく。つまり、月也は「訳あり」で「身分が高く」て、「誰にも染められていない」ということになる。

「お酒です」

女中が、まず酒を運んできた。井戸水でよく冷やしたらしく、徳利《とっくり》が冷たい。人数分四本あった。

「これはおつまみです」

そう言って、干菓子を置いていく。

「砂糖菓子ですか？」

沙耶が言うと、音吉が徳利を手に取った。

「まあ、この酒を飲んでみるといいよ」

音吉が酒をつぐ。薄い琥珀《こはく》色をしていた。一口飲んでみると、普通の酒よりもやや甘い。同時に少し酸味がある。

干菓子をつまんでみる。口の中でさらりと溶ける甘みが、案外酒と合った。

「美味しいですね」

「これは古酒《こしゅ》っていって、酒を樽《たる》で何年も寝かせるんだよ」

「薄く色がついてますね」

「これでも水で割ってるんだ。割らないと醬油みたいな色なんだよ」

普通の酒よりも強くはない印象だ。風味はたいして変わらないが酔わないような気がする。

「今日はさ、あえて即席《そくせき》料理にしたからね。会席もいいけど、即席のほうが気楽にやれるから」

「どう違うんですか？」

「料理が来たら教えるさ」

とりあえず干菓子でさっと一本飲んでいると、次の酒と一緒に料理が来た。

「鰹です」

「最初にお魚なんですか？」

「はい。即席ですから」

「即席っていうのはさ、会席から先付《さきづけ》とか余計なものをとっちゃってさ。料理の柱だけを出すんだよ。だからまずは魚。これが美味しいんだ」

家庭ならわかるが、きちんとした料理屋では意外だった。

「まあ、まず食べてみなよ」

鰹は、軽く蒸したものだった。蒸してあるといっても一瞬だけのようで、少し温めた刺身という印象である。

あらかじめ醬油に漬けた鰹を、客に出す直前にさっと蒸したのだろう。そのおかげでかえって旨みがひきたっている気がした。

生姜《しょうが》と山葵が添えてあって、好きな薬味を使うようになっていた。

醬油の味がしっかり染み込んでいる。

「葱は添えてないんですね」

「葱はね。かえって鰹の味の邪魔になるらしいよ」

たしかに葱の香りがない分、鰹の香りは濃い。鰹は血の匂いが強い魚だが、この鰹にはそれがなかった。

どういう工夫かはわからないが、いい香りがする。

「刺激が欲しいならこれを使うといいよ」

音吉が薬味入れを差し出してきた。

「一振りするといい」

言われる通りにすると、中に入っていたのは山椒だった。鰹に山椒は初めてだが、鰹の香りを邪魔することなく、いい雰囲気が出る。

「これはお酒が進んでしまいますね」

沙耶は思わず顔をほころばせた。

梓も、するするとお酒を飲んでいく。あっという間に顔が赤くなる。

この酒は危ない、と沙耶は思った。普通の日本酒よりも弱くて、やや甘みがある分思ったよりも飲んでしまう。

「お茶をいただいてもいいですか」

酒ばかりを飲まないように注意しないといけない気がする。

女中が次の料理を持ってきた。二品目は鰻の小鍋だった。皮をぱりっと焼いた鰻の身を、肝と一緒に高野《こうや》豆腐と煮てある。

一緒に入っているのは芹人参《せりにんじん》である。酒と醬油、みりんで煮てあった。

「これは甘く味つけしてありますが、お好みで辛子をつけてください」

女中がそういうと小皿に辛子を入れて持ってきた。

甘く煮た高野豆腐に辛子をつけると、甘さと辛みの刺激があいまってなんともいえない味になる。

鰻の肝も辛子との相性は抜群だ。

これは客を酔いつぶすための罠かと疑ってしまう。

「でも、いきなり魚や鰻からって驚きましたけど、いいですね」

音吉が、勢いよく酒を飲みながら語る。

「舌ってのはさ。酒を飲むと鈍くなるじゃないか。先付を食べている間に味がわからなくなっちゃう客が多いから、柱から食べた方が美味しいんだ」

たしかにそうだ。酔う前に美味しいところを食べた方がいい。

「即席ってことであり合わせの料理を出す店もあるからさ。けっこう当たり外れがあるんだけど、ここは当たりなんだよ」

「たしかに美味しいです。でも飲みすぎちゃいますね」

「そこが問題だねえ」

音吉も首を縦に振った。

梓の方を見ると、梓は真っ赤になっている。どうやらもう飲みすぎてしまっているようだ。

「大丈夫ですか？」

沙耶が声をかける。

「はい」

梓は答えたが、あきらかにもう駄目な様子だ。音吉が沙耶の耳に唇を寄せてきた。

「いい機会だから全部吐かせちゃおうよ」

「酔わせて秘密を聞き出すのは後ろめたいです」

「酔う奴が悪い」

音吉がきっぱりと言う。

「飲ませたのはこちらですよ」

牡丹は、沙耶と音吉がやり合っている間に、さっと梓の傍《そば》に寄っていた。耳元でなにか囁《ささや》いている。

酒を止めようにも、もう酔ってしまっているのだから仕方ない。このまま夢見ごこちでいるのは悪くないのかもしれない。

牡丹はまだ梓の耳元でなにか囁いていた。

「牡丹にまかせて飲もうじゃないか」

音吉は能天気に酒を手に取った。

「大丈夫でしょうか」

「牡丹なんだから平気だよ」

音吉も酔っているような気がする。

女中が次の料理を運んできた。山芋をすりおろした中に卵黄《らんおう》を入れ、出汁《だし》と醬油でのばしたものらしかった。

　吸い物の代わりかもしれないが、濃厚で精がつきそうである。汁の中には里芋《さといも》を煮たものが入っていて、腹にたまる。山芋に浸《ひた》った里芋はなかなかに美味しくて、今度月也のために作ろうと思った。

「これはとても美味しいですね」

「元気が出るんだよ」

　音吉がにこにこと答える。

「どうだい。沙耶」

「なんでしょう」

「あたしの嫁にならないかい」

　もう完全に酒が回っている。

「落ち着いてください」

「月也の旦那には沙耶はもったいないよ。そう思わないかい？　あたしが一生養ってあげるからさ」

「大丈夫です。気を静めてください」

「いやだね」

音吉はおさまりそうにない。

「牡丹」

仕方がないので牡丹に声をかけた。

「はい。なんとかするんですね」

「ごめんなさいね」

「いえ」

牡丹は梓を寝かせると、音吉の前に座った。酒を猪口《ちょこ》に注ぎ、音吉に差し出す。

「お酒が足りませんよ。姐さん」

牡丹に勧められると、音吉は素直に酒を飲んだ。

三杯一気にあけてすぐ、音吉は眠り込んでしまった。

「これで平気ですよ。沙耶様」

「ありがとう。助かったわ」

沙耶が言うと、牡丹は軽く笑った。

「沙耶様も月也様も人気がありますね」

「お酒のせいよ」

「そうではないですよ」

牡丹は音吉の方を見た。

「傷ついた人間には、沙耶様はまぶしいですからね」

小さな声で呟くと、牡丹は真面目な顔になった。

「この人は当たりです。今、そっと話してくれました。月也様に、美沙様の相手をさせられるか調べに来たようですね」

「どうしたらいいかしら」

「とりあえず月也様に相手をしていただくしかないでしょう。問題は、どうやって大奥を抜け出してくるのかですね」

「そうなのよね……」

「大奥から抜け出す特別な方法が、なにかあるはずです」

「それを調べましょう」

「抜け出す方法を断《た》ってしまえば、もう勝手には出られないですからね」

「あとは月也さんに説得してもらうのね」

沙耶が言うと、牡丹が首を横に振った。

「それは無理でしょう」

「なぜ?」

「大奥に仕えていながら、街中で憂《う》さ晴らしをするというのであれば、よほどつらい出来事が起こっているのでしょう。あの月也様が同情しないわけがありません」

たしかにそうだ。むしろ美沙に同情して、抜け出すのを手伝いかねない。そんなことをしたら大騒動だ。

「そういえば、吉兵衛さんは『特別な買い物』とも口にしていたわ。牡丹はどう思う？」

「まず、大奥は女しかいないですから。外に出て買いたいのも女性向けのものではないでしょうか。美沙様ひとりというよりも、協力している中臈の方々がいるのではないかと思われます」

「どんなものが欲しいのかしら」

「たわいないものだと思われますよ」

牡丹は確信を持った口調で言った。

「そのために危険なことをする必要があるのかしら」

「むしろ、危険なことをごまかすためにたわいないものを買っている、といったところでしょう」

「でも、大奥なら良いものをたくさん手に入れられるのではないの？」

「まあ、あくまで良いもの、ですからね」

「良いならいいでしょう」

「誰にとって良いかですよ」

牡丹が苦笑する。

「どういうことなの？」

「大奥に物を売るというのは、大奥で買い物を司《つかさど》っている人に売るということです。その人がふさわしいと思ったものを入れるわけです。ふさわしいというのは、つまり賄賂《わいろ》によるのですよ」

たしかにそうだ。誰かが管理しているのだから、その人に対して賄賂を贈ろうとするのは商人なら自然だろう。

つまり、大奥の人たちは、自分で品物を選ぶことはできないということだ。

「案外不便なのね」

「大奥は幸せになる場所ではありません。将軍の子を産んで権力を摑《つか》みたい人の場所ですから。幸せな人は少ないんじゃないでしょうか」

「苦労が多そうよね」

たとえ貧しくても、月也とふたりで暮らす方が幸せだと沙耶は思う。将軍と仲睦《むつ》ま思えなかった。

じいという状態はなかなか想像できないし、気晴らしもできない生活は楽しそうには
だとすると、愚痴を言ったり、自分の好きなものを買ったりしたくなるのはよくわかる。

買い物くらいは自由にさせてあげてもよさそうなものだ。

「大奥の方の苦労の度合いまではわかりませんが、鬱憤《うっぷん》がたまるのだけは間違いないでしょうね」

美沙は、月也に愚痴をぶつけたいということなのだろう。そのくらいなら頼みを聞いてあげたい。

「それで、どうすればいいのでしょう」

「いい思い出を作って諦めてもらうことですね。それで一生を乗り切ってほしいところです」

牡丹が言う。それはそれで難しいように思うが、こんなことを続けていて命がなくなるよりはましだろう。沙耶としては、苦しいなら力を貸してあげたいと思う。

ただ、力を貸すだけで罪に問われるのは避けなければならない。

どうしたものか、と思う。

なんにしても一度月也と相談しなければならない。それにしても、月也は行列をさばきながらなにを考えているのだろう。

沙耶が月也のことを考えているころ。

月也の方はそろそろ疲れが限界にきていた。


「少し休憩しよう」

月也は、思わず小者に声をかけた。

「まだ客が多いんですけどね」

「無茶を言うな」

「あと一人」

「わかった」

月也がため息をついた。

ほぼ三刻《みとき》の間ぶっ通しで客の相手をしていた。といってももちろん体を売るわけではない。話を聞いて相槌《あいづち》を打つだけである。

陰間茶屋にはさまざまな客が来る。むろん体目当ての人間もいるが、「女に愚痴れない」という客もそれなりの数いた。

月也からすると、素直に妻に愚痴ればいいと思うのだが、そうもいかないらしい。

待っていると、一人の初老の男が入ってきた。いかにも金がある様子である。

「はじめまして、月代様」

「様はいらぬ。俺はただの陰間ゆえな」

「いいえ。わかっております。月代様は高貴なお方ですね。大身旗本《たいしん》の御子息なのでしょう」

「なぜそうなるのだ？」

「生まれ育ちは隠せませんよ」

どう勘違いしたら高貴ということになるのだろう。自慢ではないが、月也は貧乏同心の家に生まれ育ったから、高貴などというものには触れたこともない。

「どうしてそう思う？」

「体から立ち上る気配でございます。育ちが悪い人間は、どうしたって他人のあらを探してしまうでしょう。ところが月代様はどのような話を聞いてもいい部分を取り出してお話しになると商売仲間の幾人かから聞いています。それは育ちがよくないとできないことなのですよ。わたしたち商人は人を見る目はあります」

そういう意味では人を見る目はないのではないか、と月也は思う。何人もの商人がこぞって、月也を「育ちがいい」と断ずるのは不思議だった。

「まあ、俺の育ちなどどうでもいい。今日はなぜここに来たのだ。口説きに来たわけでもないだろう」

「そのとおりです。そういえば名乗りもしていませんでしたな。南傳馬町《みなみてんま》で鼈甲《べっこう》を扱っている播磨屋《はりまや》藤助《とうすけ》と申します」

「鼈甲というと笄《こうがい》などだな」

「左様でございます。商売の方は順調なのですが、少々困ったことがございます」

「なんだ」

「じつは、犯罪に巻き込まれそうなのです」

播磨屋は真面目な顔で言った。

「それをなぜ俺に言う」

「月代様なら人脈があるかと思いまして」

「なぜだ？」

「高貴な方なのでしょう？」

いくらなんでも無茶がすぎる、と月也は思う。だが、播磨屋の表情は真剣そのものである。

月也は高貴ではないが、同心だから町人が関わることならたしかに役立つだろう。播磨屋が犯罪に巻き込まれそうなのであれば、なんとかしてやりたい。

「俺は高貴ではないが、役立たないわけでもないやもしれぬ。だが、初対面の陰間にそのような話をするのは、いささか無謀ではないか？」

「他に話せる人がいないのです」

たしかにそうかもしれない。月也は改めて思った。じつは犯罪の可能性を誰かに相談するのは、危ない行為でもある。

これから起こりそうなことならさっさと奉行所に相談すればいい。だが、すでに事が進んでいたら、ただではすまない。

被害者が出ていれば共犯にされてしまうかもしれないし、店は取りつぶしになるだろう。となると、事件がなかったことにでもならない限り人生が終わってしまう。

そう考えると、商人同士でも簡単に相談はできない。実際に月也が役立つかはともかく、気持ちを吐き出すだけでも楽になるのではないか。それに、相談しているうちに自分の考えを整理できるというものだ。

「わかった。しかと力になろう」

なにができるかわからないが、とにかくできることはするつもりだった。

「それにしても、鼈甲屋が何の犯罪にかかわるというのだ。盗賊に入られたというならともかく、盗賊側に加わるわけでもないだろう」

「抜け荷でございますよ」

「お主が抜け荷をしたというのか？」

「結果としてそうなってしまいそうなのです」

「そうか」

月也は腕を組んだ。それから、ふと疑問を持つ。

「しかし、抜け荷というが、どうやって行ったのだ」

なんとなく聞き流してしまったが、抜け荷というのはそう簡単なことではない。幕府の貿易は長崎《ながさき》に限られている。にもかかわらず、品川《しながわ》沖などでオランダ人や中国人と密貿易をすることを抜け荷という。

幕府としては取り締まりも強化しているし、見つかったら死刑である。それだけに、言うほど簡単ではないのだ。

むしろ、「これは抜け荷で手に入れました」などと言って値段をふっかける詐欺《さぎ》に使う方が一般的である。

鼈甲屋はもともと高価なものを売っている。そのうえ、抜け荷に必要な船を持っているわけでもない。だから、巻き込まれたくてもそれは難しいように思われた。

「もちろんわたしは抜け荷などしておりません」

播磨屋は畳に目を落とした。

「しかし、わたしが扱っている品が抜け荷の品とともに商われてしまったのです」

「どこでだ」

「大奥でございます」

ここでも大奥か、と月也は思った。

「しかし、お主が扱っていなかったのであれば関係ないだろう」

「もちろん普通に考えればそうなのですが、大奥というのはなにかと普通ではないのです」

月也には、大奥の内情などまるでわからない。想像もつかないと言った方がいい。沙耶がいればなにかわかるのかもしれないが、やはり一人では無理だ。

とりあえず播磨屋の話を聞いておいて、あとで沙耶に相談することにする。愚痴を聞くくらいならいいが、事件の解決は月也だけでは荷が重い。

「細かいことはわからないが、一番困っていることを言え。相談事というのは複雑に見えるが、一番肝になること以外は飾りのようなものだ。長く語っては混乱するだけだぞ」

あまり複雑なことを言われると忘れてしまって沙耶に伝えることができない。短くまとめてもらいたかった。

「さすが月代様。まったくその通り。長く語っても仕方ありませんね」

播磨屋が感心したように頷いた。別に感心することでもないだろう。月也は思うが、播磨屋は混乱しているのかもしれない。

月也にしても、切腹が決まったと言われれば混乱する。まずは落ち着くまでの時間が必要だと思えた。

小者が酒を運んできた。

「焦らずともよい。まずは酒を飲め。焦ってもいいことはない」

月也が酒を注ぐと、播磨屋がありがたそうに受けた。

「月代様はどうされますか？」

「俺は茶でよい。話を聞く側が酔っては話しがいもないだろう。話す側は酔ってもいいが聞く側は駄目だ」

月也が言うと、播磨屋は微妙な笑顔を見せた。

「それはそうですが、困ったものですね。月代様も」

「俺がか？　なぜだ」

「こういう店では、月代様が飲んだ酒代も勘定につくんですよ。だからお茶を飲まれては、店としては儲けが減るのです」

「それなら気にすることはない。俺はもともと酒が弱いから、飲み代などたかが知れてるだろう」

「そういう問題ではありませんよ」

言ってから、播磨屋は一口酒を飲んだ。

「あとはもう少し女っぷりが上がるとよいのですが」

「女っぷり？」

「はい。まだ男の風情が多く残ってらっしゃいますからな」

言うと、播磨屋が月也の右手をそっと握ってきた。

「手が綺麗ですね。月代様」

播磨屋の表情が少々あやしい。

「落ち着け、相談に来たのだろう」

「そうはいってても、こちらが嫌いなわけではありませんからね。月代様だって、完全にその気がないわけでもないでしょう」

「まだ修業中ゆえな。なかなか難しい」

「ほう。修業中。ではわたしで修業なさいませ」

「いやいや、駄目だ」

月也が止める。といっても、播磨屋の相手をして金をもらう以上、あまりつれない態度でいるのも問題がありそうだ。

どうしたらしのげるのか。心の中で汗をかきながら、自分の手を見つめる。播磨屋に握られてしまって動かせない。

ちらり、と播磨屋が月也を見た。

「待て」

「なんでしょう」

「どちらが重要なのだ。相談がつまみなのか、色ごとがつまみなのか」

「酒とつまみは一緒にいただくものでしょう」

どうやらたとえを間違えたらしい。播磨屋がなんだかよりその気になっているのがわかる。

「こういってはなんだが、俺はそちらの魅力はないぞ」

「ありますとも」

である。

月也は真面目に播磨屋の目を見た。自分がそういう対象になるということが理解できない。もちろん沙耶とは「そういう関係」だが、それはお互いが好きあってのことである。

今日会ったばかりの相手と夜を共にしたいわけではない。

いや、と、月也は思った。相手との間に信頼関係を結んでからするものだ、と月也は思っている。だが、信頼にいたるまでの時間というのは人によって違う。

もしかして、月也が案外人間不信ということなのかもしれない。

だとすると由々《ゆゆ》しき問題である。

かといって、播磨屋の気持ちを受け入れるのには断じて抵抗がある。

「説明してもらっていいか？」

月也が訊くと、播磨屋は気の抜けたような笑顔を見せた。

「そこですよ。そこ」

「なにがだ？」

「いま、わたしに対して気がないでしょう？　こういう仕事の人はね、気がなくてもあるそぶりをして金をむしろうと思うものです。断るにしても、うまくかわすか、痛

い目にあわせるかですよ。しかし月代様はそのどちらでもなく、真面目に考えている
ではないですか」
「それはそうだろう。大切なことだ」
「そこがね。いいのです。月代様のような方がこちらにも想いを返してくれたら気持
ちいいのですよ。『落としたい男』というやつですね」
「気持ちか」
それはわかる。自分が大切にしたい相手に気持ちを返してほしいのは誰でも一緒
だ。
「だとすると、申し訳ないが軽々しく気持ちを返すわけにはいかぬ。播磨屋殿の行為
はたしかにおぼえたぞ」
月也が言うと、播磨屋が吹き出した。
「なにかおかしなことを言ったか?」
「ええ。言いました。いえ。それでいいのです。変わらないでください」
「全然わからないぞ」
「月代様はいま、色を金で売っているのです。本当なら気持ちなどはどうでもいいの
ですよ。客には、心の化粧でごまかせばいいのです。でも月代様はそうなさらない」

そこまで言うと、播磨屋はあらためて真剣な表情になった。

「そんな月代様にぜひご相談があります」

「なんだ」

「姪を助けてやってほしいのです」

「お主が巻き込まれたのではないのか？」

「わたしもですが、姪の方が問題なのです」

「自分よりも姪なのか？」

「当然でしょう。わたしがどうなるかよりも大切なことなのです」

播磨屋は真面目に言っていた。どうやら月也を試していたようだ。

「お主、いい奴だな。なんでも言うがよい」

言ってからあわてて付け加えた。

「夜の相手はいかんぞ」

「わかっておりますよ」

播磨屋は苦笑すると、酒を一口飲んだ。

「では、本題に入ります」

月也は思わず居住まいをただした。

「実は姪は大奥におりましてね。ところで月代様、『逃がし屋』というのをご存じですか？」

「なんだ、それは」

「危機に陥った人を、煙のように逃がしてしまうのです。たとえば借金のかたに娘が身を売るはめになったとき、家族ごと逃がすとか」

「それはいい仕事だな」

「無宿人《むしゆくにん》にならないように人別帳《にんべつちよう》も書き換えるそうですよ」

「それはどうやるのだ」

「わかりません。それ自体はいいのですが、最近、逃がし屋を使って大奥から中﨟を連れ出す者がいます。先程申し上げた抜け荷はどうやらその者が行っているようで、中﨟に対し商いもするようなのです。姪は中﨟付で、どうやら手引きをさせられているようなのです。」

なるほど、と月也は思った。

その逃がし屋を使っている元凶《げんきよう》が原田屋甚右衛門なのではないか。つまり原田屋は、大奥から中﨟を連れ出して遊ばせるという商売を編み出したことになる。

大奥の予算は莫大《ばくだい》だ。月也には想像もつかない金額である。その中の一部をいただこうという悪い奴がいてもおかしくはない。

「姪殿も巻き込まれているのだな。騙されているのだろうか」

「わかりませぬ。なんといっても大奥は心労が多いですからね」

播磨屋は深くため息をついた。

たしかに女の園は大変そうだ。大奥の予算は女性たちの機嫌をとるために使われているとも聞く。

それならばもっと娯楽《ごらく》を与えればいいと思うが、なかなかそうはいかないものなのだろう。

「それで、播磨屋殿は俺になにを期待しているのだ」

「道を説いていただきたいのです」

「俺がか？　姪殿は、そんなものに耳を傾けたくはないだろう」

「姪は思慮《しりょ》が浅いです。しかし忠義には厚く、仕えている御中﨟のためなら何でもするようなところがあります。大奥に奉公すれば箔がつき、わたしたちも鼻が高いと大奥に入ることを両親とともに勧めてしまいました。ですから、わたしたちの責任なのです」

「だが、俺の説教など意味がないだろう」

「いえ。姪も、自分のしていることとの是非《ぜひ》はわかっているでしょう。ただ、主人への忠義との板挟みになっているだけなのです。誰かが目を覚まさせてやればいいのですが、わたしたちにはそれができません」

親戚だとかえって言葉が届かないのだろう。

それでも、月也が道を説くのは無理がありそうだ。

「やはり無理ではないか」

「お願いします」

播磨屋が頭を下げた。

まず、月也には女の心がわからない。いったいどうすればいいのだろう。そこまで考えて、月也はふと思いついた。

沙耶が若衆として相手をすれば解決するのではないだろうか。明かりを落としてしまえば姿は見えない。

相手は月也を見たことはないわけだから、沙耶が「月代です」と言えば相手にはわからないだろう。

沙耶にまかせればいい、と思うと突然心が軽くなった。

「わかった。頑張ろう」

月也は大きく頷いた。

「お引き受けいただきありがとうございます」

「まかせておけ」

返事をしてから、沙耶にどう連絡を取ろうか考えた。沙耶は音吉とともに行動しているのだから、どこかの置屋に言《こと》づければいいのだろうか。

よく考えたら、月也は音吉に連絡を取る手段がない。いつもは牡丹がつなぎ役をつとめているし、それも沙耶が取り計らっているからだ。

もしかしたら沙耶の方から様子を見に来てくれるのではないか、と甘い期待をする。

それにしても、逃がし屋というものがいるのだとすると、奉行所に報告をしなければいけないかもしれない。

逃がし屋はなんの罪になるのだろう、と月也は考えた。窃盗《せっとう》でもなければ誘拐《ゆうかい》でもない。大奥の件はさておき、困っている人を金を貸した連中から逃がすだけなら、罪にならない気もした。

そもそも、江戸の町は高利貸しに甘い。しかし、証文があるからといってなんでも貸す側の自由になるわけではない。

金貸しにも法で定めた金利というものがあって、利息は年に一割五分までである。それ以上は、本来返済義務はない。にもかかわらず、実際は元金の百倍になるような金利も少なくないのだ。

なんとなく甘くなっているのは、烏金《からすがね》のせいである。烏金は翌日返す約束で、一日で最大一割と高額の利息を取るが、庶民の生活には欠かせない。

行商人が、朝高利貸しから七百文借りたとする。そうして仕入れをして、一日大体千二百文売り上げると、その中から夕方に七百七十文を返して一日が終わる。

つまり、高利貸しといっても一人あたり七十文程度の稼ぎということになる。

しかし、こういった細々とした高利貸しだけではない。まさに身ぐるみをはいで娘を売り飛ばすような連中もいるのだ。

岡っ引きは金を渡され、高利貸しに手を貸すことも多い。同心も岡っ引きの協力を得られないことを恐れて言いなりになることもある。

それを考えれば逃がし屋は庶民を守っているとも言える。悪い連中ではないと月也は思った。

抜け荷自体はたしかに悪いことなのかもしれない。しかし中繭にしても逃がし屋にしても、悪くない人間が集まって罪に問われるというのは納得がいかない。

ここはひとつ、全員が幸せになる方法を探そうと決意した。

「逃がし屋とつなぎを取る方法はあるのか？」

「それはなかなか難しいですな。困っているとある日現れるらしいのです」

「こちらから頼むのではないのか」

「勝手にやってくるようですよ」

それはそれで不思議な話だ。いったいどんな見込みがあって突然現れるというのだろう。

奉行所的な考えをするなら、なにか盗賊の一味のような気もする。困った人を逃がすことで利益を得るというのもなくはないだろう。

月也としては信じたいところだが、一度捕まえて確かめるしかなさそうだった。

「姪殿はなんという名なのだ？」

「梓と申します」

「しかし、その梓殿が大奥にいるなら、たとえ逃がし屋を使って出てくるにしても、いつここに来るかはわからないではないか」

本人の意志で指示を出しているなら、自身がやめようと思わないと意味はない。外側だけ止めても協力者を変えるだけだろう。

そしてなによりも、梓たちの心を利用して儲けているに違いない原田屋である。これはなかなかに悪い奴といえた。

「それにしても、抜け荷を行っている者に心当たりがあるなら、そいつを締め上げられないのか？」

「大事になってしまうではないですか」

「大事がいやという気持ちを利用しているのはますます悪質だな。もう隠さなくともよい。そいつは原田屋甚右衛門というのだろう？　このあたりの陰間茶屋を仕切っている男だな。どうだ、その原田屋に直接出向くというのは」

「ご、ご存じだったのですね。いやしかし直談判とは……新入りの若衆にはなかなか会わないでしょう」

「だが、話し合わなければ始まるまい」

「月代様。世の中はそんなにまっすぐにはできていないのです」

「しかし、まっすぐが一番早道だろう」

「早道だとしても、人間の心はそう単純なものではありません」

播磨屋はあくまで正面から攻めたくないらしい。月也からすると、それは遠回りにしか思えない。

しかしまっすぐ行けばすむのなら、わざわざ月也がここに潜り込まされたりはしていないだろうから、播磨屋の言うことが正しいのだろう。

「そうかもしれないな。お主に従おう。なにをすればよい？」

「申しましたように、姪の相手をお願いします」

「わかった」

「そのうちわたしの相手もお願いしますよ。とりあえず、梓が来る日がわかりましたら追ってご連絡します」

そういうと、播磨屋は満足したような笑みを見せた。

播磨屋が帰ると、月也は帳場まで行き、今日は店じまいをすると店主に伝えた。

「まだ客が残っていますが」

「他の者に相手をさせろ。今日は疲れた」

月也は不愛想に言う。

本当はしっかり相手をしないといけないのだろうが、さすがに気疲れする。沙耶と二人で街中を歩いているのとは大分違う。

「そうそう。手紙を預かっています」

店主が手紙を渡してきた。開けると沙耶からである。どうやらこのあたりで待っているらしい。

「この手紙の主を呼んでくることはできるか？」

「できますよ。そうですね、客は他の者に相手をさせましょう」

店主はさして不機嫌そうでもない。月也が相手をしないからといって客が帰るわけではなく、他の若衆と遊んでくれるからだろう。

店にとっては月也がいるというだけで繁盛が約束されたようなものなのだ。月也のどこがいいのか月也自身にはわからないが、役立っているならいいだろう。

控えの間でしばらく待っていると、沙耶が来たらしい。小者が月也を呼びにきた。

座敷に行くと、沙耶に音吉、牡丹、それに知らない女がいる。

どうやら、こちらはこちらでなにかあったらしい。

そして沙耶の方は、月也の格好が案外さまになっているのを見て、少々胸がどきどきした。

女の姿になっているというよりも、服装が少々女っぽいだけである。ただ、唇に紅を引いているのと、頬《ほお》に化粧をしている。

それだけだが、普段化粧っけのない月也が化粧をしているとなんだか雰囲気が変わってなまめかしい。

男にそういう言葉を使っていいのかはわからないが、たしかに艶《つや》っぽさがあるのだ。

「案外似合ってるじゃないか。月也の旦那」

音吉が言った。

「それはわたしが先に言いたかったです」

沙耶が思わず声に出した。音吉がびっくりしたような顔を沙耶に向ける。

「そこはすねるところなのかい。あとで百回でも言えばいいだろう」

「最初の一回が大切ではないですか」

我ながらくだらないことだと思う。あけすけな性格の音吉が最初に口を開くのは、当然のことだろう。

「まあ、そうだね。悪かった」

音吉が機嫌よく笑う。

「沙耶の言いたかったことを取ってしまったね」

悪びれているというよりも、多少の意地悪が楽しいらしい。月也の方はまったく空気を読まない感じで、真面目に沙耶の方を見た。

「おかしくないか？」

「全然おかしくないですよ。むしろ素敵です」

「まさか紅を塗るとは思わなかったが、なかなか評判がよい」

「たしかにそうですね。月也様の口紅がこんなに似合うとは思いませんでした」

牡丹も感心したように口にする。

「牡丹に言われたくはないぞ。お主は俺などよりもはるかに紅が似合うではないか。そもそもそこらの女が裸足《はだし》で逃げ出す美貌だろう」

「月也様にそんなことを言われるとは。陰間茶屋に潜り込んで口が達者になられたのですね」

牡丹がくすくすと笑う。

「よせ。それよりもその女性は誰だ」

月也に問われると、梓は両手をついてお辞儀《じぎ》をした。

「梓と申します。初めてお目にかかります」

「そうか。よろしくな」

月也は挨拶をした。

「ところで、お二人は姉と弟と伺《うかが》っていたのですが、違いますよね。お名前も、本当は月也様とおっしゃるのですね」

梓が口を開く。

「あ……」

沙耶は思わず口に右手を当てた。

たしかに、姉であれば「月也さん素敵です」はないだろう。月也の姿に心を奪われて、思わず素が出てしまった。

「そちらにもなにか事情があるのですか？」

「事情というか、俺と沙耶は夫婦だからな」

月也があっさりと白状する。

「月也さん、いきなりバラさなくてもいいでしょう」

「隠してどうする。それに事情は知らないが、沙耶とここに来ている人間を疑ってどうするのだ。まず腹を割って話すのが人としての姿だろう」

月也が言うと、梓が吹き出した。

「なんですか、それ。まず腹を割るなんて人は滅多にいないですよ。まずは腹の探り合いでしょう」

「腹を探るなど大変ではないか」

月也は言い返すが、梓はにべもない。

「どれだけ能天気な方たちに囲まれてるんですか。それに、だったらなぜ陰間茶屋で働いているんです？　奥方もいらっしゃるのに」

月也が沙耶の方を見た。言い訳を思いつかないらしい。

「わたしの父が病気をしました。どうしても薬代が必要なのです。生活に不自由はないですが薬は高価ですから」

「そうだったのですね……人参《にんじん》代ですか」

「人参と牛黄《ごおう》が必要なのです」

「それは大変ですね」

梓は居住まいをただした。

難病の薬といえばまずは朝鮮《ちょうせん》人参だ。ただし高価である。さらに、その人参をしのぐほど高いのが牛黄である。

心臓の病にはこのふたつを組み合わせるのだが、いいものを使うならば月に十両はかかってしまう。

普通は諦めなければならない金額だ。

だから、夫が陰間茶屋で働いても不思議ではない。梓はそれをどう解釈したのか知らないが、にっこりと微笑《ほほえ》んだ。

「お金に困っているというのは、本当だったのですね」

「はい」

沙耶が答えると、梓は沙耶と月也の顔を交互に見た。

「では、百両。それで頼みを聞いてください」

「わたしを信用なさるのですか？」

沙耶は思わず聞き返した。百両は大金だ。十両盗めば首が飛ぶ世の中である。十回も首を飛ばせる金額をいきなり提示するのは信じ難い。

「育ちが良くてお金がない人は信用できます。人を裏切ってもお金が欲しい人とは違いますから。薬のため、と自分の中で一線をきちんと引いている人なら大丈夫です」

金に困っているのが信用の材料になる、というのは沙耶には意外だった。同心からすると、貧困は犯罪の種だからだ。

月也が大きく首を縦に振る。

「そうだな。金があっても悪いことをする奴は悪いことをする。一万両持っていたとしても、十万両欲しいと思えばそいつは貧乏人だ」

それから月也はさらに胸を張った。

「そういう意味では、俺は金はないが貧乏ではないぞ」

たしかにそうだ。月也はなにかが欲しいと思うこと自体がない。着物が多少ぼろであろうと不満を聞いたことがない。

「沙耶以外はなにもいらぬ……からな」

「こんな場所でのろけるのはやめておくれ」

音吉がやや冷たく言った。

「すいません」

沙耶は思わず謝った。

「月也の旦那に言ってるんだよ。仮にも若衆なんだからさ。女房とののろけを客の前で語るなんて言語道断だよ」

「すまぬ」

月也が頭を下げる。

「それで、百両も積んでいったいなにがしたいんだい？　月也の旦那に相当なことをさせるということだよね」

「実は……」

梓が口ごもる。

「なんだい？」

「大奥の御中﨟、美沙様の初めてをもらっていただきたいのです」

「ええっ！」

沙耶が思わず声をあげた。

「駄目です」

つい即答してしまう。

「いったいどういうことなのだ」

月也もやや厳しい表情になった。

「もちろん驚かれると思いますが、大奥の中﨟は、将軍以外男を知ってはいけないのです。その中にお手が付かずにおられる方々がいます。ただ、そのまま清い体で一生を終わりたくないという方もいます」

「それで月也さんなの」

「そうです。この方なら大丈夫な気がします。誰も困らないではないですか」

なんとも無茶な話である。人助けだとしても、それだけはどうしても避けたいところだった。

「わたしだったら平気ですけどね。ちゃんと理由があるし、お金になるのですから」

梓はあっさり言う。

「そういうものですか？」

「だって減るものじゃないでしょう」

沙耶は思わず音吉の顔を見た。

「まあ、減らないね、悔しいけど。そういうときはさ、仕返しすればいいんだよ」

「仕返し……」

「沙耶もあたしと熱く過ごそうじゃないか」

「そういう問題ではないでしょう」

沙耶はそれから月也を見た。よく考えたら月也がどうするかだ。睨むわけではないがどうしても目つきが厳しくなってしまう。

「これは俺のせいなのか？　沙耶」

「月也さんの決断次第です」

月也はどうしたものか、という顔をしている。とはいえ、やってみようというのではなくて、どう断ろうかといった表情だ。

でも案外危ないかもしれない。月也はすぐ同情してしまう。相手に言いくるめられることもありえるだろう。

「わかりました」

沙耶は口を開いた。

「わたしが、お相手をつかまつります」

梓がびっくりしたような表情になった。

「えっ、だってあなたは女の方ではないですか」

「ええ。だから間違いにならないでしょう？　美沙様を守ることにもなります」

「いいえ、男じゃないと意味ないです」

梓が反論する。

「そこはちゃんと説得しますから」

沙耶は譲らなかった。

無茶を言っているのはわかっている。男である月也でなければ相手は満足しないに違いない。

それでも月也を差し出すことは絶対に嫌だった。

「では、折半《せっぱん》ということでどうだろう」

月也が、いいことを思いついた、という表情で言った。

「折半？」

「俺と沙耶の二人で相手をすればよい」

「なにをおっしゃっているのかよくわかりません」

沙耶が言うと、意外なことに、梓がぽん、と手を叩いた。

「それ、いいですね」

「いいの？」

沙耶は思わず聞き返した。

「ええ。夫婦というのがいいかもしれません」

「なぜですか？」

「中﨟は、夫婦という形を知りませんから。いっそ、夫婦の姿を見せればなにか憑《つ》き物が落ちるのではないでしょうか」

大奥にとっては、将軍が絶対だ。沙耶たちのような夫婦の形はありえない。お手付きではないとしても、「いつ手が付くかわからない」のだから、夫婦でもないのに貞《てい》淑《しゅく》さを要求される。

最初のうちはよくても、そのうちだんだんと苦しくなるのだろう。

「でも、夫婦の形を見せてすっきりするのですか？」

「わかりませんけど、やけになって若衆に身をまかせてしまうよりもいいような気がします」

「ご両親で『夫婦の形』は見ているのではないですか」

「両親は両親ですよ。自分の隣に夫がいるというのとは違うと思いますが……」

梓が考え込む。音吉が脇から口を出した。

「でもさ。どうやって二人でその美沙さんに会うんだい。どんな形にすればいいのか、難しいんじゃないかな」

たしかに、陰間茶屋で二人で待っています、というわけにはいかないだろう。いきなり沙耶がいたら相手は警戒する。かといって、月也が相手をしているところに、のこのこ沙耶が出ていくのもおかしいだろう。

「とにかく月也さんが会ってみる以外ないでしょう」

「部屋にひそんでおくと相手に信用されないからね。近くで待っているしかないかもしれないねえ」

「どこか待てる場所があればいいのですが」

「それはまあ、適当な料理屋で待てばいいだろう」

「そうですね」

答えながら、沙耶は吉兵衛のことが気になった。美沙は吉兵衛の姪なのだし、もちろん助けたい。

同時に、音吉が吉兵衛をどう思っているのかが知りたいのである。

もし音吉が吉兵衛のことを好きなら、その手助けもしたい。沙耶が見たところ、音吉は芸者の矜持があり簡単には男になびけないだろう。

金のために身を売るなら反対だが、恋をしているなら別である。音吉のためになんとか一肌脱ぎたかった。

「吉兵衛さんにお座敷を立てていただくわけにはいかないですか？」

「なんでだい」

「いざというとき、吉兵衛さんも美沙さんの説得に加わるためですよ」

これはなかなかいい言い訳だ、と沙耶は思う。ここは吉兵衛も巻き込んで、一石二鳥といきたい。

「わかった。沙耶が言うならそうしよう。吉兵衛さんに連絡を取ってみる」

「お願いします」

「札差しの吉兵衛さんのことですか？」

梓が会話に割り込んできた。

「そうですよ」

「お知り合いなんでしょうか」

「わたしの上客だからね」

音吉が答えた。

「それなら、伯父の播磨屋に座敷をたてさせていただいてもいいですか」

梓が言う。

「なぜだい」

「じつは、今回のことは、うちの叔父が考えたことなのです。叔父は播磨屋という名で鼈甲を商っています。」

「そうなのかい？」

「はい。それに原田屋甚右衛門さんものっかっています」

「その、原田屋さんのことを説明してほしいのだけれど」

沙耶は思わず身を乗り出した。

「原田屋さんは、大奥の関係者の欲求不満を利用して儲けている、言ってしまえば悪徳業者ですね」

「それなのに付き合っているの？」

「なんというか、少しましな悪徳業者なんです。たしかに儲けてますけど、みんなのことも考えているというか、悪い人ではないんですよ」

梓は原田屋に同情的なようだった。

梓の言う通りなら、原田屋は大奥の人間の秘密を摑んでゆするなどとは考えないだろう。いずれにしても欲求不満がなくなるわけではないから、原田屋がやらなくても誰かが大奥相手に仕事をする。

そう考えると原田屋がいた方がましということだろうか。

なにが一番悪いのかというと、女たちを一ヵ所に閉じ込めて外に出さない幕府の体制が悪いのである。

どうであれ、全員幕府の被害者といえなくもない。

「どうしたら解決するのかしらね」

「全員集めるしかないだろう」

月也が言う。

「それで一気になんとかするさ」

本当だろうか、とも思うが、ここは月也に賭けるしかない。

美沙が大奥から出るのは三日後ということであった。そのときに、梓が店に案内して月也に引き合わせる。

美沙は月也で初体験をするつもりでやって来ることになる。その体験によってなにが変わるというのだろう。沙耶にはわからないが、自分がその立場だったらと考えた。

初めて会った月也といきなり初夜を迎えるというのはやはり想像しにくい。

「今日のところは解散だ。沙耶、行くよ」

「はい」

月也がなにか言いたそうな視線を沙耶に向けた。

「どうしました。月也さん」

「沙耶は俺がいなくて寂しくないか？」

「もちろん寂しいですよ」

沙耶は即座に答えた。

それは寂しいに違いない。といっても月也よりは沙耶の方が寂しくないかもしれない。毎日音吉たちとわいわいやって充実しているからだ。

むしろ月也の寂しそうな顔を見ることが寂しい。

「早く解決しましょうね」

沙耶は月也に声をかけると店を出た。

「今日はありがとうございました」

梓が挨拶をしてくる。

「頑張りましょう」

そう返すと、沙耶はふと気になったことを音吉に尋ねた。

「その、札差の吉兵衛さんなら、原田屋さんを呼べるかしら」

「それはもちろんだよ」

直接は難しいかと思っていたが、原田屋に話を聞かないわけにはいかないだろう。どうあっても原田屋が大奥に便宜《べんぎ》を図る必要があるなら、あらためて筒井に事情を説明して指示を仰ぐしかない。

「では、原田屋さんも座敷に呼んでいただいていいですか？」

「わかった」

「では、三日後に」

梓に約束すると、沙耶は音吉と歩きだした。

「じゃあ、風呂に行こうか」

「お風呂ですか？」

「そうだよ。ひとつ風呂浴びて次の座敷に行くんだ。これで仕事が終わりっていうわけじゃないからね」

たしかにそうだ。売れっ子芸者なのだから、当然次もあるだろう。むしろ沙耶のために仕事を減らしてくれているに違いない。

「わかりました。お供します」

沙耶は素直についていく。

「女湯ですか？」

「そうさ。でもね、座敷の合間の風呂では髪は洗わないからね。そこは沙耶も気をつけておくれ」

「なにかあるんですか？」

「髪を洗ったら結うにも乾かすにも時間がかかるじゃないか。体を洗うだけならぱっと洗えるからね」

一日の疲れを落とす風呂ならともかく、移動中はたしかに髪を洗うと時間がかかってしまう。すると、さっと体を流すだけのあわただしい風呂ということだ。

「背中を流しますね」

沙耶が言うと、音吉は満足そうに頷いた。

「それは箱屋の仕事のひとつだね。まあ、外箱じゃなくて内箱の仕事だけど」

「音吉は男の箱屋が嫌いなんですよね？」

「嫌いだね」

音吉がいやそうに表情をゆがめた。

「全員が、とは言わないけどさ。けっこうな勢いで口説いてくるんだよ。男ってのはさ。大人しい顔をしてても、こちらの気分が落ち込んだり、いやなことがあるとすぐに口説いてくるんだ。弱みを見せたらおしまいさ」

箱屋になるような男は多少なりとも身を持ち崩している。だから、音吉の言うようなことはたしかにあるだろう。

前に沙耶が会った箱屋の市松たちにしても、決して柄がいいわけではなかった。

「その点沙耶はいいね。女なのに、外箱もできる。芸者がやりたくなったらいつでもやれそうだ」

「わたしにそんな器量はありませんよ」

そんなことを話しているうちに深川の女湯についた。最近はさすがに音吉の前で服を脱ぐことに慣れてきている。

音吉は沙耶の裸を眺めたがるが、男の視線と違って親愛の気持ちの表れという感じがするから別にいやではない。

お互いに背中を流すのも、子供の頃に戻ったようで楽しい。

「これを使ってみようじゃないか」

音吉がなにやら袋を持ってきた。なにか粉の入った袋である。

「なんですか？」

「鶯《うぐいす》のフンだってさ」

音吉に言われて、袋を受け取ろうとしていた手を止めた。

「フンですか」

肌にいいという噂だが、値段が少々張るうえに「フン」の印象が悪い。なので沙耶はいつもぬか袋を使っていた。

「そもそも、なぜ鶯のフンで肌が綺麗になるのですか」

「鶯っていうのは、いつも虫を食べてるから、フンの中に虫を溶かす要素が入ってるんだって。それが肌の脂も溶かしてくれるそうだよ」

「でもフンなのですよね」

沙耶が重ねて言った。

「強情だね。死にゃしないって」

音吉が困ったように笑った。

あまり断ってもいけない、と思い返す。音吉としては好意なのだ。それに、匂いに敏感な芸者が使うのだから、フンだとしても意外と平気なのかもしれなかった。

「北洲《ほくしゅう》の連中にもこれは人気らしいよ」

そう言われて、沙耶は頷いた。

「わかりました。使ってみます」

北洲の連中が使っている、と音吉が言うなら間違いはないだろう。北洲というのは吉原のことだ。

江戸城から見て北にあるから北洲。そして江戸城から見て東南にあるから辰巳。江戸の中心は江戸城であるというのを示す呼び方だった。

吉原、というのはむしろ地方の人間の呼び方だ。江戸っ子は北洲と呼んだり、ありんす国と呼んでいる。だから、呼び方で田舎者かどうかわかるという寸法だ。

音吉が肌をこすってくれる。いやな感じはしない。ぬか袋と感触は変わらないし、匂いもない。

「けっこう普通ですね」

「あたしがおかしなものを使うわけないだろう」

音吉が肩をすくめた。

「今日は、狭霧の店に呼ばれてるんだ」

「そうなんですね。狭霧さんの店なら楽しみですね。でも、あそこは音吉が行くような店ではなかった気がします」

「うん。どちらかというと遊女寄りの店だからね。あそこに出入りしていると体を売ってると思われちまう」

「ではどうしてですか？」

「今日の客は縁があるのさ。富山喜左衛門《とやまきざえもん》って憶《おぼ》えているかい？」

「呉服屋さんのですか？」

「そう。沙耶が絵姿を披露《ひろう》したあの人ね。あれからさ、狭霧の店をよく使ってるんだ。あそこは狭いから、芸者を多く呼ぶようなことはしなくてね。一人しか呼ばないなんてことも多い」

「だから今日は沙耶も挨拶するといいよ」

「そうですね」

喜左衛門とは久しぶりだ。前に沙耶が絵姿を務めて、絵で着物の出来上がりを宣伝するという方法を取って以来、店は繁盛している。

沙耶が同席しても歓迎してくれそうだった。

女湯から狭霧の店までは歩いてすぐである。店に着くと、狭霧が戸を開けてくれた。相変わらず看板はない。

　中に入ると、準備をして待った。

「沙耶様、最近お見限りではないですか」

　狭霧がすねたように言う。

「箱屋をやるならうちに来てくれたっていいじゃありませんか」

「ここでわたしがやれる仕事はないですよ」

「座ってちょっとお酌するだけでも、沙耶様ならすぐに大人気ですよ」

　音吉が、やや怒ったように間に入った。

「沙耶はそういう女じゃないよ。狭霧」

「すいません、つい。仲良くなりたいもので」

「まずはあたしに相談しておくれな」

　音吉が厳しい声を出す。音吉としては、沙耶を大切に思ってくれているのだろう。

ありがたい話である。

「でも、沙耶様は音吉さんのものでは……」

　狭霧が小声で反論したが、音吉の視線で黙り込む。

「とにかく、今日のところはこういう話はなしだ」

音吉が強引に話を終わらせた。

しばらくして、供を連れて富山喜左衛門がやってきた。店に入って沙耶を見るなり、満面に笑みを浮かべる。

「こんばんは。どうなさったのです、沙耶様」

「今日は音吉さんの箱屋としてお邪魔しています」

「沙耶様にもぜひ同席していただきたいのですが、いかがでしょう」

「玉代は沙耶の分ももらうよ」

「もちろんです」

喜左衛門が頷く。

「そんなことなら、遠慮なくおっしゃってください」

「待ってください」

沙耶が思わず口をはさんだ。

「芸者というからには芸を売るものではないですか。残念ですが、わたしにはそのような才はありません。おこがましいです」

沙耶の言葉に、音吉が苦笑した。

「真面目だねえ、沙耶は。でもさ。芸を売る芸者ってのは実のところ、大分減ってしまってるんだよ。三十年くらい前までは沙耶の言う通りでさ、芸者は芸と気風《きっぷ》を売り物にしていた。でも今は違うんだよ。顔が可愛い娘がしなだれかかってやるとさ、芸達者な姐さんよりも人気が出るんだ。そして、置屋は人気が出ればなんでもいいからね」

音吉は、最近の風潮に腹を立てているようだった。

「音吉のような本物が廃《すた》れることはないですよ」

喜左衛門が、まあまあ、と取りなす様子を見せた。

「たしかに、芸者と言っても芸のない人が増えました。芸ではなくて顔を見てしまうのは、男の悪い癖ですな」

「それならなおのことわたしがお座敷に上がるのはいけないでしょう」

「いやいや。沙耶様にはいくら礼をしても足りないくらいです。芸者がおいやなら客人ではどうですか」

「それも申し訳がありません。せめて、お酌をさせていただきます」

料理が運ばれてきて、音吉が三味線を弾き始めた。沙耶は喜左衛門に酌をする。

「そういえば、うちで着物をしつらえてみませんか？　もちろんお代はいりません。最近うちでやっている方法に乗っていただきたいのですよ」

「どんな方法ですか？」

「着物に簪《かんざし》や櫛《くし》を加えて売るのですよ。この着物によく似合う櫛です、といった感じで」

「それはいいですね」

「ええ。鼈甲の笄なんかも人気があります。大奥の方にも評判なようですよ」

「大奥？」

沙耶は思わず聞き返した。

「はい。最近ある鼈甲屋と取引がありまして。そこが大奥と仲が良いのです」

「もしかして播磨屋さんですか？」

「よくご存じですね」

どうも人間関係が集まりすぎている。ということは、この中に大奥をたきつけた人間、ことの起こりにあたる人間がいるということだ。

いい悪いにかかわらず、大きな儲けを狙うときにはなるべく身内で固めていきたいものだ。まるで知らない人間が入るともめやすいからである。

そう考えると、鼈甲の播磨屋、呉服の富田屋、陰間茶屋の原田屋は組んでいるということになる。

悪意があるかどうかはともかく、誰かが黒幕なのだ。これまでのことから、原田屋が一番怪しいように思う。

「富田屋さんは、原田屋甚右衛門さんという方をご存じですか？」

「もちろん。話を持ってきたのは原田屋さんですよ。女物の着物は若衆にも売れますからね」

やはり原田屋が黒幕なのだ。大事にせずになんとかするにしても、原田屋としっかり話をしなくてはならない。

「富田屋さん、これは大きな問題ですよ」

「なにがですか？」

「原田屋さんは、大奥から無断で御中﨟を連れ出して、遊びを提供したり商いをして大奥への便宜を図っているのです。露見すれば打ち首です」

沙耶に言われて、富田屋は見る間に顔が土気色《つちけ》になった。

「本当ですか？」

「ええ。播磨屋さん、富田屋さん、そして原田屋さん。全員罪に問われるでしょう」

「全員」

音吉が不安そうな声を出した。

「はい。ただではすみません」

「それは困るね。なんとかならないのかい」

音吉が真剣な表情で沙耶を見た。

「そうですね。できなくはないかもしれません」

沙耶は答えた。

なんといっても、事件が起きたわけではない。「なにも起きていない」のである。美沙が無事に大奥に戻れば万事解決である。

最初から大奥を出ていない、という形にもっていくのは無理かもしれないが。

あとは、本当のところ美沙がなにを求めているのかである。どれもこれも伝聞と想像であって、その気持ちは本人にしかわからない。

悪人が私腹を肥やすという構図にはいまひとつ納得がいかないが、案外月也の言う「いい奴」がそろっている気がした。

それなら考えもある。

沙耶は全員を見回した。

「お願いがあります」

富田屋が身を乗り出した。

「月也さんを女にしてあげてください」

そして三日後、沙耶と月也は花川戸の控え室で化粧をしていた。

化粧、と一口に言ってもいろいろある。もちろん白塗りにしてしっかりとほどこす化粧もあるが、最近ではほとんど化粧をしないのも流行りだ。「磨き上げ」といって、素肌の美しさを競うのである。

若衆の場合はしっかりと化粧をしないと女に見えないから、今回月也はわりと厚めの化粧をしている。

反対に、沙耶の方は若衆の姿はしているがほぼ化粧はない。厚塗りと磨き上げで好対照になっていた。

沙耶が青、月也が赤を地にした着物を着ていて、男雛《おびな》と女雛《めびな》のような様子である。

そして、月也の女っぷりは案外といい。

同心は肌が日に焼けてがさがさしているし、体もごつい。だからどうやっても女姿は似合わないことが多いのだが、月也はうりざね顔だし、色もそう黒くはない。赤くはなるが焼けない体質なのである。

手もすべすべしている。誰の目にも女に見えるとは言い難いが、女の沙耶から見ても充分美人である。

「改めて思いますが、月也さんの顔立ち、好きですよ」

沙耶が言うと、月也が照れたような顔になった。

「俺はいつでも沙耶の顔が好きだぞ」

「のろけているときではありませんね。美沙さんを迎えましょう」

自分で言っておいて遮《さえぎ》るのもなんだが、ここで二人で盛り上がっているわけにもいかなかった。

しばらくして、梓に連れられて美沙が入ってくる。

美沙は、ぱっと人目を引く美人であった。一見、大奥で苦しんでいるという印象はない。

唇にすっと紅を引いているくらいで、あまり化粧はしていない。磨き上げとも少し違う天然の美人である。

この容貌で将軍の手が付かないのは悔しいかもしれない、と沙耶ですら思う。

「二人いるのね」

美沙がおっとりと言った。声はややかすれている感じで、低めの印象である。

とても若衆を買ってまわりたいという雰囲気ではない。むしろ、大奥でおっとりと過ごしているのがよく似合う。

「わたくしの顔になにかありますか？」

美沙が声をかけてきた。思わず見とれていたらしい。

「いえ。お美しいので驚きました」

沙耶が言うと、美沙は少女のような笑い声をたてた。

「ありがとう。ところで若衆のようではあるが、そなたは女性なのですね」

「はい。左様でございます」

「陰間茶屋には女性もいるのですか？」

「いいえ。ですが美沙様は大奥におられる方ゆえ、若衆が必ずしも男である必要があるとは思えず、二人で応対いたしております」

「二人……」

美沙は首をかしげた。

「二人は知り合いなのですか？」

「はい。夫婦でございます」

「夫婦で陰間茶屋に？」

美沙は楽しそうな声を出した。

「はい。少々事情がありまして」

美沙は、二人の顔を交互に眺めると、にやりとした。おっとりとしたものではなく、やや意地悪な笑顔である。

「では、相手をしていただきましょう」

そういうと、雅《みやび》な様子で座り直した。

「まずなにからしてもらえるのですか？」

そう言われて、沙耶は思わず月也と顔を見合わせる。

よく考えたら、これまでまともな接待をしたことがない。その方法を学んだこともなく、なんとなく音吉のそばにいたくらいだ。月也もなんだか相手に同情していたら人気になっただけで、きちんと接待というものはしていない。

だから、どうしてくれるのか、と言われるとなにもできない。

「まず口吸いでもしてもらいましょうか」

美沙が楽しそうに言う。

いきなり大きく来たな、と沙耶は思った。月也にしてもらうか、自分がするか。いずれにしても無傷ではすまない対応である。

どうしようと思いつつふと美沙を見ると、手がかすかにふるえている。よく考えなくとも、大奥で行儀よく生きていたのだ。口でなにを言ったところで口吸いなど経験はないのだろう。

つまり、いまの態度は強がりということになる。実際に口を吸われたら逃げ出しそうな雰囲気だ。

あるいは、勇気を振り絞ってだらしない女になろうとしているのだろうか。

大奥でなにがあったのかは知らないが、かなり捨て鉢な気持ちになっているようだった。

ここはひとつ、勝負に出ることにしよう。

沙耶は美沙の左隣に座ると、肌を密着させた。頰に頰をつける。顔がひんやりしているのがわかった。

これは相当緊張している。人間は緊張するとどうしても血のめぐりが悪くなって肌が冷える。

言葉はどうであれ、緊張でかちかちのようだ。

美沙の緊張がわかると、沙耶の方は少し余裕ができた。こちらが多少は優位に立てる。

といっても、沙耶も音吉のおもちゃにされるくらいしか女同士の経験はない。美沙の心を折ることができなければ負けである。

「せっかくのお楽しみなのですから、まずはわたしで練習しませんか？」

声をかけると、美沙が頷いた。

「そうですね。そうしましょう」

「そのあとで彼がお相手します」

「まかせます」

言いながら、声がふるえていた。

さて、どうしよう。

沙耶は、懐から梔子《くちなし》の花の砂糖漬けを取り出した。牡丹が持たせてくれたものである。

梔子は香りがいいので、砂糖漬けにしても人気があるのだ。

「これをどうぞ」

美沙は、花を手に取ると興味をそそられたようだった。

「梔子ね。いい香り。これはどこで手に入れたのかしら。大奥にもこれほどの品質のものはないわ」

「知り合いが作っているのです」

「これは欲しいわ」

美沙の顔がほころんだ。

「では、これを口に含んだらはじめましょう」

沙耶は、自分は待っています、という雰囲気を出した。ここは心の余裕がない方が負けである。

まず、自分が梔子を口の中に含む。口の中に花の香りがいっぱいに広がった。それから、目でそちらもどうぞ、と美沙をうながす。

美沙も同じようにした。

「ではいきますね」

しっかりと目を合わせて唇を近づけると、美沙が顔をそむけた。

「どうしたのですか?」

「心の準備ができていないのです」

美沙が言うのを聞いて、ほっとする。どうやら、美沙は一線を越える勇気は持っていなかったようだ。

「わざわざ呼んでおいてすみません」

「大丈夫です。いままで遊んでいても、ここまではなさらなかったのですね」

「少々踊ってもらったりしただけです。身はまかせておりません。今日こそはと思ったのですが、無理でした」

「あまりうかつなことをすると、悪い男に手籠《てご》めにされるやもしれませんよ」

沙耶が注意をすると、美沙も頷いた。

「無理なことはするものではありませんね。自分が女として劣っているという気持ちでつい無茶をしようとしたのです」

「そこに思いいたったのはよかったと思います。ちゃんと好きな相手とでないと楽しくはないですよ」

「あなたは、ちゃんと好きなのですか。その、夫殿のことを」

「もちろんです」

沙耶は胸を張った。そこには自信がある。

美沙は、沙耶の顔を見て信じたらしい。

「いいですね。そういうお相手がいて」

それから、大きくため息をついた。

「わたしは、自分が好きだったのです。大奥に入れば輝くと思っていた。でもかなわなかった。あとは抜け殻です」

「まだ早いでしょう。生きている限りは、抜け殻などとお考えにならなくてもよいのではないでしょうか」

「大奥というのは、勝つか負けるかですからね。負けた鬱憤《うつぷん》をぶつけるために陰間茶屋に来てみたものの、わたくしには肌が合いませんでした」

「それなら遊ばなければよいではありませんか」

「そうなのですが、それも悔しいのです」

それから、改めて沙耶を見る。

「ところで、どんなわけがあって夫婦で陰間茶屋に来たのですか」

「じつは、わたしどもは同心と小者でもあるのです」

ここまで来たら腹をくくるしかない。沙耶は素直に腹を割って話した。

「同心ということは、わたくしの行いが奉行所にも知られているということですね」

「はい」

「そして、二人でそのような格好をしているのは、わたくしに、おとなしく大奥に帰れということですね。そのかわり少し遊んでよい、と」

「はい」

美沙は一度月也を見た後、沙耶に目線を戻して言う。

「では、夜の相手をせよ、と本当に命じられたら、相手をするつもりだったのですか」

「左様です」

「目の前で夫が夜の相手をしても、役目であるなら平気なのですか？」

美沙は純粋に問うているようで、沙耶はどう答えるべきか迷う。平気です、というのでは夫に対しての情がないように聞こえるだろう。

かといって「いやです」では、なにも伝わらない気がする。

美沙自身が納得する一言が必要だった。

沙耶は、美沙の目をまっすぐに見た。

「今宵求めていらしたお相手は、家斉様の代わりですか。それとも、単なる役者買いのようなものでしょうか。それをお聞かせいただきたいのです」

美沙は、沙耶の言葉をどう解釈するか考えているようだった。

そうして肩を落とす。

「もちろん家斉様の……わたくしは結局負けたのです。お手が付かなかったのですから」

美沙は悲しそうに言った。

「家斉様のことを好きなのか？」

月也が不思議そうに聞く。

「だって、上様ではないですか」

美沙が当たり前のように言った。

「上様だからなんなのだ。お前は身分に恋をしているのか？　好きになるのは人であろう」

月也に言われて、美沙は戸惑った様子を見せた。

「上様のお手が付くことこそが正しいのです」

「なぜだ？　出世するからか？　そうだとしたらお前は上様ではなく、出世という形のないものに縛られているだけだろう」

「だって、出世すればみな助かるのです」

「そんなことはない」

月也はやや厳しい表情になった。

「よいか、美沙殿。俺はな。金がなくとも妻の沙耶がいればよい。目の前に並べられたごちそうを一人で食べるよりは、葱を載せた納豆を沙耶と食べる方が美味い。差し向かいで飯を食う相手がいる方が、出世よりも楽しいと思うぞ」

「本気ですか？」

「もちろんだ」

「あなたは出世をしたくないのですか？」

「出世は、する器があれば勝手にするだろう。出世したいと思ってがつがつしているのは心が苦しいではないか。それよりも、毎日が楽しくて幸せな方がよいとは思わないか」

「出世の果ての幸せを考えないのですか？」

「それはなんだ？　好きな相手がいて、一緒に暮らす。生活できる。他にいったいなにを望むのだ」

「男に生まれたら出世を望むものでしょう」

「なにを言う。出世などというと聞こえはいいが、よけいな気苦労を背負うだけではないか。下の者にも上の者にも気を使って自分をすり減らすだけだろう。では聞くが、大奥で出世した人間の中で、幸せそうなのは何人いるのだ」

美沙は少し考えたあと、くすくすと笑いだした。

「本当にあなたは変わったお人ですね」

「そうか。すまぬな」

「なんだかばかばかしくなってきます。出世をしたいわけでもない。ただ息を吸って吐いているだけなのに幸せそうなのですから」

随分ひどい言われようだが、大奥の中で権力の中枢に触れていた美沙からすると、月也などはなにも考えていないように見えるのだろう。

「権力を手に入れて、お金を手に入れたらどうなるのですか？」

沙耶が訊くと、美沙は戸惑った表情になった。

「どうなる？　どうなるって。人がわたくしに頭を下げるじゃない」

「頭を下げてもらったらどうなるのですか？」

「気持ちよくないですか？」

「いいえ」

沙耶は答えた。

「みんなにぺこぺこされるよりも、わたしは夫の月也さんと笑い合っている方がいいです」

「笑い合う、ですか」

美沙は落ち着いた笑顔を浮かべた。

「わたくしには、何年も笑い合う相手などおりませんでした。大奥の中は冷え冷えとした人間関係ですから」

「しかし、お主の叔父御殿は心配されていたぞ。そこにいる梓も気をもんでいた。いや、原田屋ですら心配しているのではないか。大奥の中は冷えているかもしれないが、大奥の外であれば冷えてはおるまい」

「外……」

「大奥勤めを辞めることはできないのですか？」

沙耶は思わず訊いた。そもそも、大奥にいるから気持ちが苦しくなるのだ。辞めてしまえばというのは、浅はかかもしれないが真理な気がする。

「そう。辞めれば気楽ではないか」

月也も言葉をつなぐ。

「大奥というのは、そんなに簡単に辞めることはできません。入るよりも辞める方がずっと難しいのです」

「どのように難しいのでしょう」

「上様のおそばに仕えていたときのことを話すやもしれませんから。上様が亡くなりでもしない限りは、大奥で過ごすのがしきたりです」

「では、病気ということでは駄目なのですか？」

「病気だとしても、大奥の御典医《ごてんい》は誰よりも優秀です。病気というなら大奥で治療をするでしょう」

たしかにそうだ。やはり無理がある。

「しかし、辞める、ですか……」

美沙は、沙耶の提案に驚いたようだった。

「考えたことがなかったです」

「考えてみてはどうですか？」

「大奥というのは、あれで一つの国のようなものですから。自分の国から出るなど考えたことすらありません。それに、辞めれば叔父や、多くの人に迷惑がかかります」

「どのような迷惑ですか？」

「大奥というのは、さまざまな業者がからんでいます。それこそ鼈甲はどこ、米はどこ、漬物はどこ、着物はどこ。そして、大奥に仕えている者と関係のない業者が入り込むことはできないのです」

「でも、たとえば吉兵衛さんは札差ではないですか。そんなに迷惑がかかることもないのではないですか？」

沙耶の言葉に、美沙は大きく首を横に振った。

「叔父は札差です。札差というのは米を金に換える仕事です。叔父に金を借りる大名もいるし、恩恵をこうむっている業者も多い。顔の見える範囲に迷惑がかからなければよいと考えれば、さらにそのまわりにいる顔の見えない人々に大きな迷惑をかけることになるのです」

「そうなのですね。すいません。考えなしで」

沙耶は思わず謝った。

たしかにそうだ。顔の見える範囲を考えているだけではすまないことが、世の中にはある。

「ですが、辞めるというのは面白い考えかもしれません。ひとつ試してみることにします」

「できるのですか？」

「お清ですからね。お手付きでなければ抜け道はあるでしょう」

それから美沙は、沙耶の方を楽しげに見た。

「それにしても、いやなら辞めればよい、というのはわたくしには想像もできない考えでした。しかも夫婦そろって言うなどとは」

「そうでしょうか」

「女はまだしも、男は言いませぬ。男の社会は苦痛であっても耐えることを美徳としますから。耐えなければ後ろ指をさされてしまう」

それから美沙は、改めて沙耶と月也を交互に見た。

「もし夫が使えない、ぼんくらなどと呼ばれれば、妻もぼんくらの妻ということになるではないですか。その屈辱に耐えられる者などいないでしょう」

ざっくりと言われて、月也が言葉に詰まった顔をした。

「そんなことはありません。家庭でよき夫で、頑張ってくれているならぼんくらでもいいではありませんか。ぼんくらの妻でも幸せにはなれますよ」

「そんなふうに思ったことすらありませんでした……そういえば、そちらの月也殿はたしかにぼんくらと言われそうな顔をしていますね」

美沙がくすくすと笑った。それから真面目な表情にもどる。

「馬鹿にしたわけではありません。不愉快だったなら謝ります。男は、仕事ができるといってもさまざまな顔があるはずなのに、切れ味が鋭くて険のある顔をしている男が多い」

それから、美沙は月也に視線を向けた。

「だが、険のある顔は人望もない。ひとりでやる仕事には向いていても、他人が力を貸してくれないのです。その点ぼんくらな顔は、他人が支えてくれる気になりますからね。本物のぼんくらでは困りますが、顔はぼんくらが良いのです」

それから、美沙はおだやかに沙耶を見た。

「大奥を辞めたら、月也殿のような夫を探します」

「月也さん本人は駄目ですよ」

沙耶は思わず口に出した。

「そのようなことはしません。あとは叔父を説得しなければ」

「それにしても、突然辞めると決心なさったので、勧めたこちらも驚きました」

「そうですね、不思議でしょうね」

「はい」

「実はそう突然なことでもないのですよ。うちは札差ですから、お金がないということが怖いのです。いくらお金があってもどこか飢えています。だからお金のために大奥に上がって、お金のために権力が欲しいと思いました」

美沙は淡々《たんたん》と言った。たしかに、家が金持ちな方がお金にこだわりがあるのかもしれない。貧乏同心の家ではこだわりようもないが。

「でも、結局大奥では勝てなかった。わたくしの親戚も、わたくしに失望しているのはわかっているのです」

「いや、どうかな」

月也が口をはさんだ。

「それは美沙殿が負けたと思っているから思うことだろう。周りは素直に美沙殿の幸せを願っているのではないかな」

「そんな能天気なのはあなたたちくらいですよ」

そういうと、美沙は楽しげな笑顔を見せた。

「でも、乗せられてみることにします。わたくしも幸せな相手を見つけたい。少し能天気になるつもりです」

「それがいいですよ」

「大奥を辞めたあとで、また食事をしていただけますか？」

「いつでもどうぞ」

沙耶と月也は同時に声を出した。

それから美沙は未練なく席を立った。梓もあわてててついていく。

しばらくして、原田屋が入ってきた。月也の前に両手をつく。

「罰は覚悟しています」

たしかに、どのような事情があろうと大奥を利用して金儲けをしたのだ。原田屋がただで済むとは思えない。

事件になれば、だが。

今回のことは「なんとかして表沙汰にしたくない」という事情がある。つまり、今起こっているのはあってはならないことなのだ。

「お前、周りの分まで罪を背負う気か？」

「それが上に立つ者のつとめですから。打ち首になっても文句はありません。そのかわり、働いてる連中は罪に問わないでいただけませんか」

どうやら、原田屋はたんなる悪党ではなくて、きちんとした考えがあってやったことのようだ。

たまたま幕府の方針に合わなかったが、悪意はないのだろう。

「お前、いい奴だな！」

月也が大きな声を出した。

「そんなことはありません。大奥を利用して金を儲けていたんですよ。悪いに決まっているでしょう」

「いや、いい奴だ。罪などない。金儲けだって、自分の私腹を肥やしたわけではないだろう」

「いえ、肥やしました」

そこまで聞いて、沙耶は思わず吹き出した。原田屋の方もどう対応していいのかわからないのだろう。

それにしても、原田屋が全然ごまかそうとしないのは感心といえた。

「なにかおかしいことを言っておりますか？」

原田屋が不安そうに沙耶に目を向ける。

「月也さんが罪がないと言っているのだから、それでいいのですよ。わざわざ自分で罪人になろうとすることもないでしょう」

「……そうですね、そうかもしれませんね。なんだかつい。ほら、普通はお前の罪はこうだ、と言われて反論するんです。ところがお前はいい奴だと言われるとそれはそれで反論したくなってしまいまして」

それは人間の気持ちとしてはあることなのだろう。とはいっても、どうにも間抜けな話である。

「では、わたしはどうなるのでしょうか」

「どうにもならぬよ。いままで通りはげんでくれ」

「お咎《とが》めはなしで？」

「ない」

原田屋は毒気を抜かれたような顔をした。月也はにっこりと笑うと、立ち上がって原田屋の隣に腰を下ろした。

肩に手をかける。

「お前、いい奴なんだからさ。そのままでいいんだよ。いい奴でいろ」

「旦那……」

原田屋が涙ぐんだ。

原田屋の側からすると、月也が全部を飲み込んで、改心を促しているように見えているに違いない。

だが、月也は本当に原田屋を「いい奴」だと思っているのだ。歯車がかみ合わないところがかえっていい結果を生んでいる。

ここは誤解をさせておいた方がいい。

「すいません。これからはいい陰間茶屋として精進します」

「おう。それでいいぞ」

月也は満足したようだった。そして、原田屋も改心した様子だ。まさに一件落着という感じである。

「それで旦那、ひとつお願いがあるんです」

「なんだ？」

「月に一度でもいいので、店に出てもらえないですかね？」

「なぜだ」

「旦那が出ると店の売り上げが違うんですよね。大奥の分が減ったのを旦那で補えると助かります」

原田屋はもみ手をして見せた。

月也は一瞬困った顔をしてから、仕方ない、とため息をついた。

「たまにだぞ、たまに」

「ありがとうございます」

原田屋は月也に礼を言ったあとで沙耶の方を見た。それから深々と頭を下げる。

「奥方様をやきもきさせるようなことはいたしませんから」

「わかっています。お手柔らかに」

沙耶も頭を下げる。

なにはともあれ、解決したということだろう。

そして。

月也は南町奉行筒井政憲の部屋で居住まいを正していた。

目の前には筒井と、内与力の伊藤がいる。二人とも、やや厳しい表情を見せていた。

「それで、結局はどうなったのだ？」

「原田屋はまっとうな陰間茶屋を商っていくそうです。美沙殿は大奥を辞めて実家に帰るということでした」

伊藤が、驚いたような表情を見せた。

「ほう。大奥を辞めるか。これは思い切った決断をしたな」

「だが、たしかに辞めれば波風は立たぬ、一番良い方法のようだ。辞めることができるうまい手段を見つけたのだな。だが、大奥の習慣に染まった女がよくその気になったな」

「わたしを見ていて、出世にこだわるのがばかばかしくなったそうです」

「それはわからないでもないな」

筒井がからかうような声を出した。伊藤の方はごく真面目な表情を崩さない。

「ではつまり、芳町ではなにもなかった、ということだな」

「その通りです」

月也の言葉に伊藤は満足したようだった。

「ならばよい。ご苦労であった」

「紅藤、なにか望みがあるか。今回のことは記録にも残せないからな。お主はしばらくの間なにも手柄を立てずにぶらぶらしていたぼんくら同心ということになる。せめてなにか褒美《ほうび》をとらせよう」

月也は少し考えたが、なにも思いつかない。沙耶と離れて暮らしていたせいで、料理屋の料理ばかり食べていたのが不満なくらいである。

「それなら、望みがあります」

「申してみよ」

「沙耶の料理が食べたいです」

月也が言うと、筒井と伊藤が黙った。

「なにかまずいことを申しましたか？」

「いや、大奥の危機を救った褒美が女房殿の手料理と申すのか？」

「他に欲しいものと言われても。そうだ。沙耶に簪でも買っていただけるならそれが嬉しいです」

筒井がため息をつくと、懐から切り餅を取り出した。

「なんでも買え」

「ありがとうございます」

これで沙耶の着物を新調するのも悪くない。

「では、失礼いたします」

月也が出ていくと、筒井がにやりと笑う。

「どう思う。あれは」

「女房殿の手料理ですか。なんでしょうね。もう少し欲を持ってもいいような気もするのですが」

「手柄を立てないということも気にならないし、立てたとしても気にならない。もしかしてあ奴は、大人物なのかもしれないな」

「まったくです」

そういうと、伊藤は大きく息をついた。

「手柄を立てたがる奴のところにはなかなか大きな手柄は行かないものかもしれませ

ぬな。もっとも紅藤の場合は記録に残らぬ手柄ですが」

「風烈《ふうれつ》廻りは火消しが仕事。紅藤は江戸の火消しをしているというところだろう。紅藤というか、女房殿がしている部分が大きいがな」

「そうですね。二人には、まだもう少し働いてもらうとしましょう」

筒井が、盃をかたむける仕草をした。

「どうだ。今夜は一杯」

「いいですな」

筒井と伊藤は、安心した表情で少し笑ったのだった。


そして翌朝。

沙耶は久々に月也のために料理を作ることになった。最近は料理といえば音吉のためだった。

今日は同心の月也のためだから、精のつくものがいい。日本橋の魚政《うおまさ》に頼んで穴子《あなご》を取り寄せてもらった。月也のための料理が作れないということは自分も食べられないということだ。

音吉の料理は芸者の料理だから、上手に作っても月也のためのものとは少し違う。

沙耶としてはいつもの方がやはり好きであった。

この時期の穴子は脂が抜けてすっきりとしている。冬になると脂がのって濃厚な味になってくる。

だから冬の穴子は煮るのが美味しくて、夏の穴子は焼いた方がいいのだ。

穴子を焼きながら、生姜をたくさんすりおろす。穴子には生姜と葱をたっぷりと添えるのがいい。最初から上に載せてしまってもいいのだが、穴子には添える方が楽しみが多い気がする。そして、ごま油と醤油、薬研堀を混ぜた小皿を用意した。

それから、焼きびたしにした茄子。味噌汁には白瓜が入っている。

最後に沢庵《たくあん》を拍子木《ひょうしぎ》に切ってできあがりである。

月也のところに運ぶと、月也は待ちきれないという表情になった。

「うむ。これ。これだな。夏は」

月也は冷たい酒をあおると、まず刻んだ葱をごま油の小皿につけて、葱だけをつまみに酒を飲み始めた。

「酒には葱とごま油だな」

安上がりなことを言いつつぐいっと飲む。

沙耶の方は、穴子からいくことにする。焼いた穴子に葱と生姜を載せる。そうしてからごま油の小皿に軽くひたした。

そうして口に入れると、あっさりとしていてもやはり濃厚な穴子の味に、ごま油の豊潤《ほうじゅん》な香りがあわさって口の中に広がる。

葱も生姜も喧嘩することなく、味が手をつないで喉の奥におりていく。

美味しい。

自分の料理ながら素直に思った。そして目の前で酒を飲んでいる月也の顔が沙耶にとっては一番のごちそうである。

「今日からはまた二人で江戸を回れるな」

月也が嬉しそうに言った。

「そうですね」

「やはり俺は沙耶と離れては暮らせない。つまらない。沙耶はどうだ」

月也に問われて、一瞬考え込む。音吉との生活はかなり楽しかった。月也よりは沙耶の方が楽しんでいたような気がする。

だが、それはあくまで別の話だ。

「もちろん寂しかったですよ」

沙耶が言うと、月也が屈託《くったく》なく笑った。

「俺たちはやっぱり二人がいいな」

そういうと、月也は改めて穴子に箸《はし》を伸ばしたのだった。

第二話　卓袱と盗賊

蟬《せみ》の声が何種類も混ざって聞こえるようになると、いかにも夏本番という気持ちになる。沙耶は蟬の声はけっこう好きだ。夏の暑さを吹き飛ばしてくれるような気がする。

じわじわ、みいみいという音を聞きながらざぶりと顔を洗う。

夏の朝に顔を洗うのは、冬と違って気持ちいい。沙耶の家の庭には井戸があるから、顔を洗う水には事欠《ことか》かない。

井戸の水は飲むのには適さないが、洗い物や風呂、顔を洗うのなどにはちょうどいいのである。

暑いときには行水《ぎょうずい》もできる。もっとも江戸の町で行水をするのは覗いてくれと言っているようなものだから、沙耶は行水をしたことはない。

顔を洗うと、台所に入って胡瓜を刻んだ。夏はとにかくたっぷりの胡瓜がいい。胡瓜の走りの頃は白瓜の方を食べるのだが、盛りになれば胡瓜である。たっぷりの味噌を使うのが大切だ。

　胡瓜を細かく刻んでから、味噌と薬研堀であえる。

　胡瓜をあえてしまうと、今度は外に出る。昨日のうちに魚政に鰺《あじ》の切り身を頼んでおいたから、そろそろ来るころだった。

　少し待つとも言えないくらいで、魚政の看板娘、かつがやってきた。

「おはようございます。沙耶さん」

「おはよう。かつさん」

「これ、鰺です。ちゃんと切ってありますよ」

「ありがとう」

　鰺を受け取る。魚を切るというのは特殊技能で、そもそも魚用の包丁は普通の家庭にはなかなかない。沙耶にしても菜《な》切《き》り包丁以外は持っていない。

「そういえば、魚屋さんから見て珍しい料理屋ってあるかしら」

「料理屋ですか？　食べに行くんですか」

「ええ。そう思ってるのだけれど、どこがいい店かわからないの。かつさんなら知ってるかと思って」

かつは一瞬考えて、それから笑顔になった。

「それなら、『わからん料理』がいいですよ」

「それはなに」

「卓袱《しっぽく》料理って言うんですけどね。いろいろな国の料理が混ざっているから、和華蘭でわからん料理とも言うんです」

卓袱料理の名は沙耶も聞いたことがある。長崎で流行《はや》ったものだが、近年江戸でも流行している。しかし、沙耶が行けるような店ではない。一度の食事に一分も二分もする料理を出した。

ただ、月也が筒井から、少し値の張る料理を食べ歩け、と言われたということで、どうしたものか思案しているところなのだ。

「じゃあ、鰺は早く食べてくださいね」

かつが去っていくと、沙耶は台所に戻った。

鰺は、包丁で皮を取り除いて刺身にしてある。それを胡瓜の上に置いて、手で乱暴にかき混ぜた。

鰺の身が味噌に染まっていく。

混ぜた鰺を置いておいて、大根の皮を取り出す。大根は身も美味しいが、皮の風味も捨てがたい。

　大根の皮は細切りにして、酢と醬油をかける。鰺が味噌で少し甘い味になるから、こちらはさっぱりと仕上げた。大根の皮は身よりもぴりぴりと辛みがあり、酢をかけるとちょうどいい。

　味噌汁の具は大根にした。そして納豆に刻んだ葱をたっぷりと載せてできあがりである。

　月也のもとに持っていくと、月也が大きく身を乗り出した。

「お。鰺か。いいな」

「月也さんは鰺もお好きですからね」

「うむ。夏の鰺はいいな」

　年中美味しい魚だが、夏の鰺は脂がたっぷりとのっている。どう食べても美味しいのが鰺だ。

　そして味噌との相性も抜群である。

「夏はこれだな」

　月也は飯の上に鰺を全部載せてしまうと、さらのその上から納豆をかける。なにもかも載せてかき込むのがお気に入りである。

がっとかき込むと、お茶を一口飲んで満足そうに息をついた。

「こうやって行儀悪く食うのが一番美味い」

たしかにいかにも美味しそうだ。食べ物は上品に食べた方がいいものと、下品が美味しいものがある。

今日の料理などはあきらかに下品がまさるものだった。もちろん沙耶もそういう食べ方をするし、そんな行儀にはすっかり慣れた。ただ時折、思い出したようにためらいを覚えることもあった。

「どうした？　沙耶もやればいいではないか」

「やはり少々はしたないような気がして……」

「こうやって食べるのが同心流だろう」

同心流、と言われるとなんとなく許される気がする。もはやためらっても意味はないと思うのだ。

「では、わたしもそうします」

沙耶は、鯵と納豆を両方飯の上に載せた。沙耶の茶碗も、月也ほどではないがやや大振りのものを使っている。

なので全部載せるのも簡単である。そして飯を行儀悪くかき込んでいく。味噌と薬研堀の混ざった鰺は甘くて辛い。そして鰺そのものの味がしっかりと口の中に広がった。

味噌が魚の臭みを消してくれるから、旨みだけを楽しむことができる。そこに納豆が味の幅を与えて、葱が後衛《こうえい》をしっかり固めてくる。

口の中が旨みであふれるとはこのことだ。そして炊きたての飯が、全部を取りまとめて安心感のある布陣にしている。

全部食べてしまうと、沙耶は大きく息をついた。

小者をやるようになってからよく動くから、家で月也を待っていたときよりも随分と食べるようになった。

それでも太ったりすることがないのは、町を一日歩いているからだろう。

「ところで月也さん、卓袱料理に行ってみるのはどうでしょう」

沙耶は月也に声をかけた。

「お。このところ流行っている料理だな」

月也も知っているらしい。

奉行の筒井がどういうつもりで「少々高い料理を食べてまいれ」と月也に言ったのかは沙耶にはわからない。

しかし、なにか理由はあるのだろう。

「む。しかし、卓袱料理というのは四人で行くと聞いたことがあるぞ」

「それだと水入らずにはなりませんね」

「まあ、四人でもいいだろう」

月也は鷹揚《おうよう》に言った。

「残り二人となると、音吉さんと牡丹ですね」

「そうだな。世話になっているしな。この間も手間をかけた」

「では、二人を誘いますね」

「うむ」

月也も、この組み合わせは嫌いではないようだ。

「ところで、先日の美沙さんの件ですが」

沙耶は気になっていたことを口にした。

「美沙さんを連れ出していた逃がし屋はどうなったのでしょう」

「ああ、あれか」

月也が思案顔になる。

「消えてしまったよ」

「消えた、ですか」

「消えたというか、美沙殿が大奥を辞めてしまったからな。それ以上は追及できなかったというのが正しい」

たしかにあまり追及すると、なかった事件もあったことになってしまいかねない。

「とはいっても、逃がし屋を捕まえないわけにもいかないだろうな」

月也が気乗りしない感じで言う。

「捕まえたくないのですか？」

「困った人を助けるのであれば、いい奴だろう？」

逃がし屋。借金が返せなくて困っている人などを「逃がして」新しい生活を始めさせるらしい。庶民の間ではなかなか人気である。

困ったときに助けてくれるなら、たしかにありがたい。沙耶にしても逃がし屋を捕まえる必要を感じているわけではない。

しかし月也は同心なのだし、本当にいい人なのかどうかの確認はしなければならないだろう。

もしかしたら逃がしてやるといって人を売り飛ばしているということもある。

でも、この考え方は同心のようでいやだ、と沙耶は思う。他人の善意かもしれないことを悪意に取るのだから、いやな仕事だ。

逃がし屋が本当にいい人だったら、見逃した方がいいのだろうか。それとも一応捕まえた方がいいのだろうか。

そもそも、どんな人が逃がし屋になるのだろう。

考えると気になってしまう。

「義賊《ぎぞく》のようなものなのでしょうか」

沙耶が言うと、月也が表情を曇らせた。

「義賊とは違うだろう。鼠小僧《ねずみこぞう》などは少しもいい奴ではない」

鼠小僧は、長い間奉行所を悩ませている盗賊である。大名屋敷から金を盗んでは庶民に配ると言われている。

盗まれているのは本当だが、庶民に配るというのは噂に過ぎない。本当に配っているのかもしれないが、配られたと名乗り出る者はいない。

本当だったとしても、名乗り出たらその金は召し上げられてしまうから、認めるはずがない。真実のたしかめようがない。

綺麗に見えても悪い盗賊というのは案外いる。逃がし屋が実は盗賊だったとしても驚きはない。

「俺は思うんだが、筒井様がなにやら美味いものを食べろというのであれば、食べているうちに犯人が飛び込んでくるのではないか」

月也が能天気に言った。

そうかもしれない、と沙耶も思う。筒井は事情を隠して月也に命令することが多いから、今回もそれはありえた。

奉行というのは同心では知りえないようなことまで知っている。さまざまな情報を集めて推測するのだ。

その点において筒井は凄腕だと言えた。能力もだが、心の形もである。町奉行というのは、仕事をしないつもりになればなにもしなくてもいい。筒井はまったくそうではないのだ。

与力も同心も世襲で、書類を整える者も世襲。すべてが世襲の中で町奉行だけがよそからやってくる。

事情がまったくわからない奉行でも、翌日から普通に仕事ができる。書類に目を通して判を押すだけでいいからだ。

庶民のために働こうと思わなければ平和な仕事である。反面、庶民のことを考えればやることは無尽蔵《むじんぞう》にある。

結果として奉行は体力が尽きて死んでしまうことも少なくない。

筒井は健康だが、心身ともにすり減らしているのだと思う。だから沙耶は、事情がわからないなりに役に立とうと思っていた。

「では、卓袱料理にしますね」

「うむ。そうしよう」

月也の方は、素直に楽しむつもりのようだった。もちろん沙耶も食べたことのない料理にはわくわくする。

「あとで深川に出かけようじゃないか」

「はい」

家を出ると、まずは奉行所に向かう。最近は奉行所に行かずに動いていることが多かった。同心なのに奉行所を「お見限り」なのは、形に捉われない筒井ならではの采《さい》配《はい》である。

月也が奉行所に入ると、沙耶は入り口付近で待つことにした。朝の奉行所の周りは岡っ引きや小者のたまり場である。お互いに情報を交換したり、雑談したりとそれなりに忙しい。

あまり柄のいい相手とは言い難いので、沙耶はあまり慣れない。相手が悪意を持っていなくても、なんだか少し怖いのである。

箱屋をやっている男連中とそう変わりはないのだ。

なので最近は、奉行所の壁に背中をつけて一人で待っていることが多かった。

なんとなく岡っ引きたちを眺めていると、知らない顔がいた。話さないといっても毎日顔は見るから、新しく来た人間は目立つ。

帯のところに十手をはさんでいるから岡っ引きだろう。歳のころは三十というところだろうか。

岡っ引きの持っているとげとげしい雰囲気がない。なんとなく場違いな空気をかもしだしていた。

沙耶に気が付くと、その男はものおじせずに近寄ってきた。

「おはようございます。紅藤様のご新造《しんぞ》さんですか」

「そうです。どちらの方でしょう」

「手前は岡っ引きの十九と申します。数字の十と九でとく」

「変わったお名前ですね」

「十九文屋《じゅうくもんや》の息子なんですよ」

十九は屈託なく笑った。

十九文屋というのは、四文屋《しもんや》の上級店である。四文屋は四文で売れるものしか置かない。だからたとえば傘《かさ》のような少々値の張るものは置いていない。

四文屋よりも高いものを扱っているのが十九文屋であった。高くてもいいものが欲しいという客もいるが、なんといっても人気なのが「かもじ」である。ようするに付け毛で、髪の先端につけて髪型を変えたり、足りない部分を補ったりする。

気分で髪型をいじりたいときなどには重宝する。沙耶はあまり十九文屋は使わないが、庶民の味方といえる店のひとつだった。

「お店を継がなくていいの？」

「それは兄貴がやってます。俺はぶらぶらしてたら拾われました」

「本当に？」

沙耶は思わず聞き返した。

十九の言うことが本当なら、かなり珍しい。岡っ引きはぶらぶらしていてなれるような仕事ではない。

そもそも、岡っ引きの大半は裏の社会に顔が利くからなるのだ。正義感が強くてなるわけではない。むしろ正義感がないから、奉行所が十手を渡して鎖をつけている側面があるくらいだ。

だが、目の前の十九は、犯罪者的な雰囲気もないし、月也に連なる能天気さを持っている感じがする。

同心はほぼ世襲だからそういうこともあるが、岡っ引きにはない。裏の社会に通じていないはずがないのだ。

「はい。なにかおかしなところがありますか？」

十九が笑顔を作る。

「岡っ引きらしくないから不思議だなと思ったのです。ぶらぶらしてて十手を預かるなんてことは普通ないでしょう」

「ああ。そのことですか」

十九は納得したような表情になった。

「言い方が悪くてすいません。駕籠《かご》をかついでいて、縁があったのです」

駕籠、と言われて理解する。駕籠かきは江戸では特別な存在だ。箱根にいる駕籠かきと江戸の駕籠かきは違う。

江戸の駕籠かきはもともと武士専用のものである。数も百丁と制限されていた。最近になって町人も乗るようになったが、庶民の乗り物ではない。

数も増えはしたが三百。町の駕籠かきの総数は千人に満たない。

そして駕籠かきはその性質上、江戸の町に詳しい。小さな道まで細かく憶えている者もかなりいる。

だから、駕籠かきだったのであれば岡っ引きにと言われても不思議はないのだ。ただ、駕籠かきは柄が悪い。十九は駕籠かきにも見えなかった。そもそも、岡っ引きはそれだけで生活することはできないから、駕籠かきからの「転身」というのには無理がある。

「女性で同心の小者って珍しいですね」

どうやら十九は沙耶に興味があるらしい。悪い印象はないのだが、岡っ引きとして仕事をするのは少々難しい気もした。

「縁があって小者をやっています」

話していると、月也が奉行所から出てきた。

「どうした？　沙耶」

「こちらの岡っ引きの方と話していました」

十九が頭を下げる。

「今度またな」

月也はそう言うと、挟み箱を持って歩きはじめた。沙耶もついていく。

「なんだか岡っ引きらしくない雰囲気だったな」

しばらく歩いて月也が言う。

「はい。駕籠かきをされていたそうです」

「いや、駕籠かきはああじゃないだろう」

月也も疑問を持ったらしい。それから、月也はなにか思い当たったようだ。

「駕籠かきか。それは浅草《あさくさ》の武蔵野《むさしの》一家と関わりがあるかもしれないな」

「武蔵野一家？」

「うむ。駕籠かきなのだが、そこの親分が、長崎奉行のご子息と仲がいいと聞いたことがある」

「長崎奉行のご子息と駕籠かきって、どうつながるのでしょう」

「その方はな、いまは江戸城の中でお世継ぎの面倒を見ているらしいぞ。遠山《とおやま》様と言ったはずだ」

「きっと才覚のある方なんでしょうね」

「まあ、俺たちには関係ない方だ。遠山様が町奉行にでもなったら別だがな」

言いながら、月也は挟み箱を持ち直した。

「それとな、筒井様の方で卓袱料理屋に約束をしておいてくれるそうだ」

「楽しみですね」

音吉と牡丹を含めて四人での食事はいかにも楽しそうである。二人も喜んでくれるように思えた。

永代橋を渡って深川に入ると、なんとなく周りの視線が集まる。最近深川っ子は沙耶たちに慣れていて、深川名物になっているかもしれない。

牡丹は最近は朝から店を開いていて、むしろ夜に早く閉めていた。だから奉行所からまっすぐ向かうとちょうどいい。

牡丹の店のところに来ると、朝から繁盛している。梅花《ばいか》売りの客は本来男の方が多いのだが、牡丹の店にかぎっては女ばかりである。

女性客の間をかきわけるようにして牡丹のところに行くと、華やかな笑顔で迎えてくれた。

「どうしたのですか？　沙耶様」

「じつは、お願いがあるの」

「なんでしょう」

「月也さんと卓袱料理の店に行くのだけれど」

「行きます。お誘いありがとうございます」

牡丹が即答する。

「なぜ誘いだってわかるの？」

「卓袱料理は四人向けですから。お二人だけというわけにもいかないでしょう」

どうやら、それなりに流儀が知られているらしい。

「それなら話が早いわね」

「音吉姐さんには声をかけますからご安心ください」

「牡丹にはなにもかも手の内を知られてるようね」

「いつも沙耶様を見ていますから」

「日時は追って知らせるわね」

「はい」

牡丹は笑うと、すぐに客の相手に戻った。邪魔をするのも悪いので、素早く店から離れた。

「どうだった？」

心配そうな様子ではなく月也が聞いてくる。

「もちろん行くそうです」

「そうだろうな。楽しみだな」

「ええ」

答えながら、沙耶組の宴会も久々にやろうと決意した。


そして三日後。

沙耶は月也たちと卓袱料理の店に入った。

「今日の店は、卓袱料理の中でも西洋料理の色が濃いらしいぞ」

月也が言う。

「西洋料理とはどのようなものなのでしょう」

沙耶は聞いたが、誰もわからないらしい。

「毒が出てくるわけじゃないだろう」

音吉が笑った。

たしかにそうだ。料理屋なのだから美味しいのだろう。

店の中に入ると、座敷へと通された。あたりを見回すが、料理茶屋と内装は変わらない。特に西洋風というわけではなかった。

「なにが出るのでしょうね」

しばらくすると、まず椀が運ばれてきた。中には白い汁物が入っている。

「玉蜀黍《とうもろこし》の椀です」

口をつけると、かすかな甘みがあった。

「玉蜀黍を汁物にするのは初めてね。炒《い》って食べるものとばかり思っていた」

どうやら、鰹の出汁の中にすりおろした玉蜀黍を入れて煮たらしい。醬油ではなくて塩の味付けだろうか。

食べたことのない味である。だが美味しい。考えたこともなかった。

汁を飲み終わるころ、刺身が出てきた。鰺と、鰹と、鯛である。これは普段通りの料理という気がした。

そして、なにやら黄色いものが添えてある。

「これはなんですか？」

女中に訊くと、すました顔で答えた。

「瑪瑙《めのう》醬油と言うものです」

「瑪瑙醬油って？」

「これは仏蘭西《フランス》の醬油なのです。卵黄とごま油、辛子、醬油と酢を混ぜて、長葱のみじん切りも入れてとろとろにするのです。魚によく合うんですよ」

ためしに鰹に瑪瑙醬油をつけて食べてみる。鰹の臭みがすっかりなくなって、いい味だけが広がる。味噌も美味しいが、瑪瑙醤油はそれ以上といえた。

「美味しい！」

刺身を食べるときに、辛子醤油よりもいいかもしれない。

「西洋の醤油って変わっているけど美味しいのね」

刺身を食べ終わると、今度はおかずの盛り合わせが来た。卵をカステラのように焼いたものと、魚のすり身。そしてかまぼこのようだった。

「これはなにかしら」

魚のすり身に、なにやら黄色いものがかかっている。

「『ぼうとろ』でございます。牛の乳を煮詰めたものです」

女中が答えてくれた。

「白身魚をよく擂《す》ってから蒸しあげたものに、ぼうとろをかけております」

聞いたことのない調味料だ。とりあえず箸をつけてみる。魚のすり身はふわりと蒸しあがっていた。上にかかっているぼうとろは、乳と言ってはいたがどうやら油のようだ。ごま油よりも風味が強い。

だが、なんとも言えない美味しさであった。淡泊《たんぱく》な白身に、ぼうとろが力強さを与えている。

かまぼこに手をつけると、こちらも普通のかまぼことは違う。普通は白いものだが、こちらは中が黄色と赤、緑である。

「西洋かまぼこでございます。卵と、海老と、小松菜が練りこんであります」

西洋かまぼこには山葵《わさび》醤油が添えられていて、瑪瑙醤油とどちらをつけてもいいというようになっていた。

「これは美味しいね。山葵醤油がよく合うよ」

音吉が楽しそうに言った。

「わたしは瑪瑙醤油の方が美味しいと思います」

牡丹は瑪瑙醤油の方がいいようだ。確かに洋風のものには醤油よりも合っている気がした。

「月也さんはどちらがいいですか」

沙耶が訊くと、月也は瑪瑙醤油と山葵醤油を混ぜていた。

「両方混ぜた方が美味いな」

「それでは料理人の苦労が台無しではありませんか」

沙耶は思わず文句を言った。が、月也は意にも介さない。

「美味いと思うものが正しい。それにな、この瑪瑙醤油、山葵を混ぜるととても美味いぞ」

「月也さんは大雑把《おおざつぱ》ですよね」

言いながら、沙耶も混ぜてみる。たしかに味が引き立つ。瑪瑙醬油は、山葵の辛さを包み込んでまろやかにしていた。

西洋かまぼこの風味も増す気がする。

「たしかに美味しいですね」

「常識にとらわれてはいけないぞ、沙耶」

月也が胸を張った。

「月也の旦那はもう少し常識的でもいいけどね」

音吉があきれたように言う。

「奔放《ほんぽう》と言ってもらえると助かるのだが」

月也が声の調子を少し落とした。

「それにしても美味しいですね。これも西洋の料理なのでしょうか」

女中が説明する。

「これは仏蘭西《フランス》の料理を日本風にしたものです。卓袱料理といえば唐《から》が主だと思われがちですが、当店は仏蘭西料理が中心です」

「この卵焼きもそうなのですか」

「左様でございます」

この卵は、ふわふわしていて甘い。カステラと違って小麦粉は入っていないようだ。純粋に卵だけである。

「こんな卵焼きは食べたことないわ」

「素敵卵《すてきたまご》という仏蘭西の卵焼きでございます」

「たしかに素敵ね。どうやって作るのかしら」

「卵黄と白身を分けて、白身を泡立ててから焼くそうですよ」

「そんなにあっさり教えても平気なのですか？」

「料理人でないと作れませんから」

女中がはっきりと言う。

「でもこれはいいね。沙耶、作れるようになっておくれよ」

音吉がねだるように言った。たしかにこれは美味しい。甘くても美味しいが、塩や醤油で味をつけても美味しいだろう。

「それにしても、こんなに甘いものを食事の途中で出すのですね」

「西洋料理はそういうものなのです」

「西洋ってどんなところなのかしら」

沙耶が言うと、牡丹が少々いやそうな顔をした。

「牛の血を飲んでいるそうではないですか。そのせいで角の生えている人もいると聞きましたよ」

「いくらなんでもそれはないでしょう。そんなことを言い出したら、江戸っ子には鯖《さば》の尻尾《しっぽ》が生えてしまうわ」

沙耶が言うと、音吉が声を立てて笑った。

「たしかにね。なにを食べたって角や尻尾は生えないだろうよ。人間に角が生えるときは心に生えるもんだからね」

そう、生えるのは心の角だ。

「そういやさ。沙耶は今度はいつうちに来るんだい。また泊まりに来てくれるだろう」「当分は月也さんと一緒ですから。どこにも行きませんよ」

答えると、音吉が露骨に不機嫌な表情になった。

「なんだい。もう月也の旦那にとられちまったのかい。この音吉も、綱引きに弱くなったもんだねえ」

「そんなことはありませんよ」

「それに、最近沙耶組が集まってないんじゃないかい？　沙耶は親分なんだからそれはまずいだろう」

音吉に言われて、沙耶は目を伏せた。宴会をやろうと決意したところではあったが間に合わなかった。

たしかに、沙耶が中心になって作った沙耶組である。もう少しきちんと立ち上げた方がいいかもしれない。単なる仲良しの会ではないのだから。

「ところで、わたしからもいいですか」

牡丹が口を開いた。

「なにかしら」

「逃がし屋のことなのですが、あれは放置していていいのですか」

「ああ。逃がし屋。そうよね、気になるわね」

「あれは放っておくことにした」

月也が口をはさんだ。

「そうなのですか」

「うむ。考えてみれば、あれは隠密《おんみつ》廻りの仕事だ。うかつに口をはさむと文句を言われるからな」

たしかに、隠密廻りの手の中にありそうな件ではある。奉行所は縄張りなく捜査をしているように見えて、微妙に縄張りがあるのだ。

月也は風烈廻りだから、基本は凶悪犯罪を相手にしていることになる。

人を殺したり火をつける犯罪が専門だ。といっても、沙耶と一緒にいる兼ね合いから、すっかり人の死なない事件ばかり担当している。

奉行の筒井はそれをよしとしているが、本当はもっと凶悪な犯人と戦うためにいるのだった。

「俺は本来火盗改めが調べるような事件の担当だからな」

月也が言うと、音吉が肩をすくめた。

「月也の旦那にはそういうのは似合わない気がするよ。それこそ火盗改めにまかせておけばいいじゃないか。旦那にしかできないことがいいよ」

「そうだな。音吉はどんなことだと思う」

「女を苦しめるような奴をとっちめてくれよ」

音吉の正直なところだろう。

「そうだな。俺もそう思う」

月也は素直に言った。

奉行所は、犯人を捕まえたいのであって被害者の助けになりたいわけではない。結果として犯人を捕まえているが、被害者のためではないのだ。

だからこそ月也が庶民の味方になることに価値がある。

そんなことを思っていると、円形の料理が運ばれてきた。

「これはなんですか」

「『たると』でございます。中は肉ですよ」

女中が切り分ける。中から湯気が出てきて、中まで温かいことを示していた。

「美味しそうね」

湯気の立っているたるとを口に含んだ。

中にはウズラの卵が入っているようだ。江戸っ子もウズラの卵はそれなりによく食べる。日本橋の肉屋で売っているからだ。

しかし、こんなに手のこんだ食べ方は初めてだった。

ウズラの卵をこうやって食べようとは思ったことがない。沙耶はそう思いながら、江戸の事件も、まだ考えついていない調べ方があるのではないかと思う。

食べていると、牡丹が少しの間席を立ってすぐ戻ってきた。

それから沙耶に耳打ちをする。

「沙耶様、思わぬ捕り物に巻き込まれるかもしれません」

「どうしたの？」

「隣の部屋に盗賊がいます。まさか江戸に戻ってきてるとは思いませんでした」

「そうなの？」

「はい、ですが今捕まえることはできませんから。様子を見ましょう」

「わかったわ」

「自然に食事を楽しんでください」

どうして牡丹が盗賊の顔を知っているのかわからないが、牡丹の顔は普段と変わらないように見えた。

「わかった。とりあえず楽しみましょう」


そして、沙耶にとっては本格的な捕り物となっていく。

沙耶はまだ、それを知らないのだった。

○主な参考文献
『江戸の芸者』 陳奮館主人 中公文庫
『花柳風俗』 三田村鳶魚 朝倉治彦編 中公文庫
『魚鑑』 武井周作 八坂書房
『江戸買物独案内』 早稲田大学図書館古典籍総合データベース
『江戸・町づくし稿』上・中・下 岸井良衛 青蛙房
『芸者論』 岩下尚史 文春文庫
『江戸服飾史』 金沢康隆 青蛙房
『江戸切り絵図と東京名所絵』 白石つとむ編 小学館
『江戸生活事典』 三田村鳶魚 稲垣史生編 青蛙房
『洗う風俗史』 落合茂 未来社
『江戸生業物価辞典』 三好一光編 青蛙房
『すらすら読む 抄訳 浮世風呂』 葵ささみ Kindle版

本書は文庫書下ろし作品です。

|著者|神楽坂 淳　1966年広島県生まれ。作家であり漫画原作者。多くの文献に当たって時代考証を重ね、豊富な情報を盛り込んだ作風を持ち味にしている。小説には『大正野球娘。』『三国志１～５』『金四郎の妻ですが』などがある。

うちの旦那《だんな》が甘《あま》ちゃんで　8
神楽坂《かぐらざか》 淳《あつし》

講談社文庫
定価はカバーに
表示してあります

2020年６月11日第１刷発行

発行者——渡瀬昌彦
発行所——株式会社 講談社
東京都文京区音羽2-12-21　〒112-8001
電話 出版 (03) 5395-3510
　　 販売 (03) 5395-5817
　　 業務 (03) 5395-3615

Printed in Japan

デザイン—菊地信義
本文データ制作—講談社デジタル製作
印刷———大日本印刷株式会社
製本———大日本印刷株式会社

ISBN978-4-06-520037-7

講談社文庫刊行の辞

二十一世紀の到来を目睫に望みながら、われわれはいま、人類史上かつて例を見ない巨大な転換期をむかえようとしている。

世界も、日本も、激動の予兆に対する期待とおののきを内に蔵して、未知の時代に歩み入ろうとしている。このときにあたり、創業の人野間清治の「ナショナル・エデュケイター」への志を現代に甦らせようと意図して、われわれはここに古今の文芸作品はいうまでもなく、ひろく人文・社会・自然の諸科学から東西の名著を網羅する、新しい綜合文庫の発刊を決意した。

激動の転換期はまた断絶の時代である。われわれは戦後二十五年間の出版文化のありかたへの深い反省をこめて、この断絶の時代にあえて人間的な持続を求めようとする。いたずらに浮薄な商業主義のあだ花を追い求めることなく、長期にわたって良書に生命をあたえようとつとめるところにしか、今後の出版文化の真の繁栄はあり得ないと信じるからである。

同時にわれわれはこの綜合文庫の刊行を通じて、人文・社会・自然の諸科学が、結局人間の学にほかならないことを立証しようと願っている。かつて知識とは、「汝自身を知る」ことにつきていた。現代社会の瑣末な情報の氾濫のなかから、力強い知識の源泉を掘り起し、技術文明のただなかに、生きた人間の姿を復活させること。それこそわれわれの切なる希求である。

われわれは権威に盲従せず、俗流に媚びることなく、渾然一体となって日本の「草の根」をかたちづくる若く新しい世代の人々に、心をこめてこの新しい綜合文庫をおくり届けたい。それは知識の泉であるとともに感受性のふるさとであり、もっとも有機的に組織され、社会に開かれた万人のための大学をめざしている。大方の支援と協力を衷心より切望してやまない。

一九七一年七月

野間省一

講談社文庫 最新刊

伊兼源太郎
地検のS
湊川《みなとがわ》地検の事件の裏には必ず「奴」がいる——。元記者による、新しい検察ミステリー！

中村ふみ
月の都 海の果て
東の越《えつ》国後継争いに巻き込まれた元王様。軟禁中に大発生した暗魅《ばけもの》に立ち向かう羽目に!?

吉川永青
老侍
群雄割拠の戦国時代、老いてなお最期まで「侍」だった武将六人の生き様を描く作品集。

日野草
ウェディング・マン
妻は殺し屋——？ 尾行した夫が見た、驚愕の妻の姿。欺きの連続、最後に笑うのは誰？

中島京子 ほか
黒い結婚 白い結婚
結婚。それは人生の墓場か楽園か。7人のストーリーテラーが、結婚の黒白両面を描く。

デボラ・クロンビー
西田佳子 訳
警視の謀略
ロンドンの主要駅で爆破テロが発生。キンケイド警視は記録上〝存在しない〟男を追う！

さいとう・たかを
戸川猪佐武 原作
歴史劇画 **大宰相**
〈第八巻 大平正芳の決断〉
解散・総選挙という賭けに敗れた大平に、辞任圧力を強める反主流派。四十日抗争勃発！

講談社文庫　目録

栗山圭介　国士舘物語
決戦！シリーズ　決戦！関ヶ原
決戦！シリーズ　決戦！大坂城
決戦！シリーズ　決戦！本能寺
決戦！シリーズ　決戦！川中島
決戦！シリーズ　決戦！桶狭間
決戦！シリーズ　決戦！関ヶ原2
小峰　元　アルキメデスは手を汚さない
今野　敏　ST 警視庁科学特捜班 エピソード1〈新装版〉
今野　敏　ST 毒物殺人 警視庁科学特捜班〈新装版〉
今野　敏　ST 警視庁科学特捜班〈黒いモスクワ〉
今野　敏　ST 警視庁科学特捜班〈青の調査ファイル〉
今野　敏　ST 警視庁科学特捜班〈赤の調査ファイル〉
今野　敏　ST 警視庁科学特捜班〈黄の調査ファイル〉
今野　敏　ST 警視庁科学特捜班〈緑の調査ファイル〉
今野　敏　ST 警視庁科学特捜班〈黒の調査ファイル〉
今野　敏　ST 為朝伝説殺人ファイル〈警視庁科学特捜班〉
今野　敏　ST 桃太郎伝説殺人ファイル〈警視庁科学特捜班〉
今野　敏　ST 沖ノ島伝説殺人ファイル〈警視庁科学特捜班〉

今野　敏　ST 化合 エピソード0〈警視庁科学特捜班〉
今野　敏　ST プロフェッション〈警視庁科学特捜班〉
今野　敏　ギガース〈宇宙海兵隊〉
今野　敏　ギガース2〈宇宙海兵隊〉
今野　敏　ギガース3〈宇宙海兵隊〉
今野　敏　ギガース4〈宇宙海兵隊〉
今野　敏　ギガース5〈宇宙海兵隊〉
今野　敏　ギガース6〈宇宙海兵隊〉
今野　敏　特殊防諜班 連続誘拐
今野　敏　特殊防諜班 組織報復
今野　敏　特殊防諜班 標的反撃
今野　敏　特殊防諜班 凶星降臨
今野　敏　特殊防諜班 諜報潜入
今野　敏　特殊防諜班 聖域炎上
今野　敏　特殊防諜班 最終特命
今野　敏　茶室殺人伝説
今野　敏　奏者水滸伝 白の暗殺教団
今野　敏　フェイク〈疑惑〉
今野　敏　同期

今野　敏　欠落
今野　敏　変幻
今野　敏　警視庁FC
今野　敏　継続捜査ゼミ
今野　敏　蓬萊〈新装版〉
今野　敏　イコン〈新装版〉
後藤正治　天人〈深代惇郎と新聞の時代〉
幸田　文　崩れ
幸田　文　台所のおと
幸田　文　季節のかたみ
小池真理子　冬の伽藍
小池真理子　ノスタルジア
小池真理子　夏の吐息
小池真理子　千日のマリア
幸田真音　日本国債(上)(下)〈改訂最新版〉
五味太郎　大人問題
鴻上尚史　あなたの魅力を演出するちょっとしたヒント
鴻上尚史　あなたの思いを伝える表現力のレッスン
鴻上尚史　八月の犬は二度吠える

小島環 原作 あなしん 脚本 おかざきさとこ　小説 春待つ僕ら
呉勝浩　道徳の時間
呉勝浩　ロスト
呉勝浩　蜃気楼の犬
呉勝浩　白い衝動
こだま　夫のちんぽが入らない
講談社校閲部　〈熟練校閲者が教える〉間違えやすい日本語実例集
佐藤さとる　〈コロボックル物語①〉だれも知らない小さな国
佐藤さとる　〈コロボックル物語②〉豆つぶほどの小さないぬ
佐藤さとる　〈コロボックル物語③〉星からおちた小さなひと
佐藤さとる　〈コロボックル物語④〉ふしぎな目をした男の子
佐藤さとる　〈コロボックル物語⑤〉小さな国のつづきの話
佐藤さとる　〈コロボックル物語⑥〉コロボックルむかしむかし
佐藤さとる　天狗童子
佐藤さとる 絵/村上勉　わんぱく天国
佐藤愛子　新装版 戦いすんで日が暮れて
佐木隆三　慟哭〈小説・林郁夫裁判〉
佐高信　石原莞爾その虚飾
佐高信　わたしを変えた百冊の本

佐高信　新装版 逆命利君
佐藤雅美　恵比寿屋喜兵衛手控え
佐藤雅美　物書同心居眠り紋蔵
佐藤雅美　〈物書同心居眠り紋蔵〉隼小僧異聞
佐藤雅美　〈物書同心居眠り紋蔵〉密約
佐藤雅美　〈物書同心居眠り紋蔵〉お尋者
佐藤雅美　〈物書同心居眠り紋蔵〉老博奕打ち
佐藤雅美　〈物書同心居眠り紋蔵〉四両二分の女
佐藤雅美　〈物書同心居眠り紋蔵〉白い息
佐藤雅美　〈物書同心居眠り紋蔵〉向井帯刀の発心
佐藤雅美　〈物書同心居眠り紋蔵〉一心斎不覚の筆禍
佐藤雅美　〈物書同心居眠り紋蔵〉魔物が棲む町
佐藤雅美　〈物書同心居眠り紋蔵〉ちよの負けん気、実の父親
佐藤雅美　〈物書同心居眠り紋蔵〉へこたれない人
佐藤雅美　〈物書同心居眠り紋蔵〉わけあり師匠事《こと》の顛末
佐藤雅美　〈物書同心居眠り紋蔵〉御奉行の頭の火照《ほて》り
佐藤雅美　江戸繁昌記〈寺門静軒無聊伝〉
佐藤雅美　青雲遙かに〈大内俊助の生涯〉
佐藤雅美　悪足掻《あが》きの跡始末 厄介弥三郎

酒井順子　負け犬の遠吠え
酒井順子　金閣寺の燃やし方
酒井順子　昔は、よかった？
酒井順子　もう、忘れたの？
酒井順子　そんなに、変わった？
酒井順子　泣いたの、バレた？
酒井順子　気付くのが遅すぎて、
酒井順子　朝からスキャンダル
佐野洋子　嘘ばっか〈新釈・世界おとぎ話〉
佐野洋子　コッコロから
笹生陽子　ぼくらのサイテーの夏
笹生陽子　きのう、火星に行った。
笹生陽子　世界がぼくを笑っても
沢木耕太郎　一号線を北上せよ〈ヴェトナム街道編〉
櫻田大造　「優」をあげたくなる答案・レポートの作成術
沢村凜　タソガレ
佐藤多佳子　一瞬の風になれ 全三巻
笹本稜平　駐在刑事
笹本稜平　駐在刑事 尾根を渡る風

講談社文庫　目録

佐藤あつ子　昭《あき》田中角栄と生きた女
西條奈加　世直し小町りんりん
西條奈加　まるまるの毬《いが》
佐伯チズ　改訂完全版 佐伯チズ式「完全美肌バイブル」〈123の肌悩みにズバリ回答！〉
斉藤　洋　ルドルフとイッパイアッテナ
斉藤　洋　ルドルフともだちひとりだち
佐々木裕一　若返り同心 如月源十郎〈不思議な飴玉〉
佐々木裕一　若返り同心 如月源十郎〈闇の顔〉
佐々木裕一　公家武者 信平《のぶひら》〈消えた狐丸〉
佐々木裕一　逃げた名馬〈公家武者 信平（二）〉
佐々木裕一　比叡山の鬼〈公家武者 信平（三）〉
佐々木裕一　公《く》卿《ぎょう》の罠《わな》〈公家武者 信平（四）〉
佐々木裕一　狙われた旗本〈公家武者 信平（五）〉
佐々木裕一　赤い刀身〈公家武者 信平（六）〉
佐々木裕一　帝《みかど》の刀《とう》匠《しょう》〈公家武者 信平（七）〉
佐藤　究《きわむ》　QJKJQ
佐藤　究　Ank : 〈a mirroring ape〉
佐野　晶　小説 アルキメデスの大戦
三田紀房・原作

澤村伊智　恐怖小説キリカ
さいとう・たかを　戸川猪佐武 原作　歴史劇画 大宰相〈第一巻 吉田茂の闘争〉
さいとう・たかを　戸川猪佐武 原作　歴史劇画 大宰相〈第二巻 鳩山一郎の悲運〉
さいとう・たかを　戸川猪佐武 原作　歴史劇画 大宰相〈第三巻 岸信介の強腕〉
さいとう・たかを　戸川猪佐武 原作　歴史劇画 大宰相〈第四巻 池田勇人と佐藤栄作の激突〉
さいとう・たかを　戸川猪佐武 原作　歴史劇画 大宰相〈第五巻 田中角栄の革命〉
佐藤　優　人生の役に立つ聖書の名言
司馬遼太郎　新装版 播磨灘物語 全四冊
司馬遼太郎　新装版 箱根の坂（上）（中）（下）
司馬遼太郎　新装版 アームストロング砲
司馬遼太郎　新装版 歳　月（上）（下）
司馬遼太郎　新装版 おれは権現
司馬遼太郎　新装版 大　坂　侍
司馬遼太郎　新装版 北斗の人（上）（下）
司馬遼太郎　新装版 軍　師　二　人
司馬遼太郎　新装版 真説宮本武蔵
司馬遼太郎　新装版 最後の伊賀者
司馬遼太郎　新装版 俄（上）（下）
司馬遼太郎　新装版 尻啖え孫市（上）（下）

司馬遼太郎　新装版 王城の護衛者
司馬遼太郎　新装版 妖　怪（上）（下）
司馬遼太郎　新装版 風の武士（上）（下）
司馬遼太郎　戦　雲　の　夢〈レジェンド歴史時代小説〉
司馬遼太郎・海音寺潮五郎　新装版 日本歴史を点検する
司馬遼太郎・井上ひさし　新装版 国家・宗教・日本人
司馬遼太郎・陳舜臣・金達寿　新装版 歴史の交差路にて〈日本・中国・朝鮮〉
柴田錬三郎　お江戸日本橋（上）（下）
柴田錬三郎　貧乏同心御用帳
柴田錬三郎　新装版 岡っ引どぶ〈柴錬捕物帖〉
柴田錬三郎　新装版 顔十郎罷り通る（上）（下）
白石一郎　庖丁ざむらい〈レジェンド歴史時代小説〉〈十時半睡事件帖〉
島田荘司　御手洗潔の挨拶
島田荘司　御手洗潔のダンス
島田荘司　暗闇坂の人喰いの木
島田荘司　水晶のピラミッド
島田荘司　眩（めまい）暈
島田荘司　アトポス
島田荘司　異邦の騎士〈改訂完全版〉

講談社文庫　目録

重松　清　希望ヶ丘の人びと(上)(下)
重松　清　赤ヘル1975
重松　清　なぎさの媚薬(上)(下)
重松　清　さすらい猫ノアの伝説
柴田よしき　ドント・ストップ・ザ・ダンス
新野剛志　八月のマルクス
新野剛志　美しい家
新野剛志　明日の色
殊能将之　ハサミ男
殊能将之　鏡の中は日曜日
殊能将之　キマイラの新しい城
殊能将之　子どもの王様
首藤瓜於　脳男
首藤瓜於　事故係生稲昇太の多感
島本理生　シルエット
島本理生　リトル・バイ・リトル
島本理生　生まれる森
島本理生　七緒のために
小路幸也　高く遠く空へ歌ううた

小路幸也　空へ向かう花
小路幸也　スターダストパレード
小路幸也 原案 山田洋次 平松恵美子　家族はつらいよ
小路幸也 原作・脚本 山田洋次 脚本 平松恵美子　家族はつらいよ2
小路幸也 原作・脚本 山田洋次 脚本 平松恵美子　妻よ薔薇のように〈家族はつらいよⅢ〉
島田律子　私はもう逃げない〈自閉症の弟から教えられたこと〉
辛酸なめ子　女修行
柴崎友香　ドリーマーズ
柴崎友香　パノララ
清水保俊　機長の決断〈日航機墜落の「真実」〉
翔田　寛　誘拐児
白石一文　この胸に深々と突き刺さる矢を抜け(上)(下)
白石一文　神秘(上)(下)
小説現代編 石田衣良他著　10分間の官能小説集
小説現代編 勝目梓他著　10分間の官能小説集2
小説現代編 乾くるみ他著　10分間の官能小説集3
朱川湊人　冥《めい》の水《みな》底《そこ》(上)(下)
柴村　仁　夜宵
柴村　仁　プシュケの涙

柴田哲孝　クズリ〈ある殺し屋の伝説〉
塩田武士　盤上のアルファ
塩田武士　盤上に散る
塩田武士　女神のタクト
塩田武士　ともにがんばりましょう
塩田武士　罪の声
芝村涼也　孤《こ》闘《とう》の寂《せき》〈素浪人半四郎百鬼夜行(六)〉
芝村涼也　邂逅の紅蓮〈素浪人半四郎百鬼夜行(七)〉
芝村涼也　終焉の百鬼行〈素浪人半四郎百鬼夜行(八)〉
芝村涼也　追憶の翰《かん》〈素浪人半四郎百鬼夜行(拾遺)〉
真藤順丈　畦と銃
柴崎竜人　三軒茶屋星座館1〈冬のオリオン〉
柴崎竜人　三軒茶屋星座館2〈夏のキグナス〉
柴崎竜人　三軒茶屋星座館3〈春のカリスト〉
柴崎竜人　三軒茶屋星座館4〈秋のアンドロメダ〉
城平　京　虚構推理
周木　律　眼球堂の殺人〈~The Book~〉
周木　律　双孔堂の殺人〈~Double Torus~〉
周木　律　五覚堂の殺人〈~Burning Ship~〉

講談社文庫　目録

講談社文庫　目録

高杉　良　巨大外資銀行
高杉　良　最強の経営者〈アサヒビールを再生させた男〉
高杉　良　リベンジ〈巨大外資銀行〉
高杉　良　新装版 会社蘇生
竹本健治　新装版 匣《はこ》の中の失楽
竹本健治　囲碁殺人事件
竹本健治　将棋殺人事件
竹本健治　トランプ殺人事件
竹本健治　狂い壁 狂い窓
竹本健治　涙《るい》香《こう》迷《めい》宮《きゅう》
竹本健治　新装版 ウロボロスの偽書(上)(下)
竹本健治　ウロボロスの基礎論(上)(下)
竹本健治　ウロボロスの純正音律(上)(下)
高橋源一郎　日本文学盛衰史
高橋克彦　写楽殺人事件
高橋克彦　総門谷
高橋克彦　炎《ほむら》立つ 壱 北の埋み火
高橋克彦　炎立つ 弐 燃える北天
高橋克彦　炎立つ 参 空への炎

高橋克彦　炎立つ 四 冥き稲妻
高橋克彦　炎立つ 伍 光彩楽土〈全五巻〉
高橋克彦　火怨〈北の燿星アテルイ〉(上)(下)
高橋克彦　時宗 壱 乱星
高橋克彦　時宗 弐 連星
高橋克彦　時宗 参 震星
高橋克彦　時宗 四 戦星〈全四巻〉
高橋克彦　天を衝く(1)〜(3)
高橋克彦　風の陣 一 立志篇
高橋克彦　風の陣 二 大望篇
高橋克彦　風の陣 三 天命篇
高橋克彦　風の陣 四 風雲篇
高橋克彦　風の陣 五 裂心篇
高樹のぶ子　オライオン飛行
田中芳樹　創竜伝1〈超能力四兄弟《ドラゴン》〉
田中芳樹　創竜伝2〈摩天楼の四兄弟《ドラゴン》〉
田中芳樹　創竜伝3〈逆襲の四兄弟《ドラゴン》〉
田中芳樹　創竜伝4〈四兄弟《ドラゴン》脱出行〉
田中芳樹　創竜伝5〈蜃気楼都市《ミラージュ・シティ》〉

田中芳樹　創竜伝6〈染血の夢《ブラッディ・ドリーム》〉
田中芳樹　創竜伝7〈黄土のドラゴン〉
田中芳樹　創竜伝8〈仙境のドラゴン〉
田中芳樹　創竜伝9〈妖世紀のドラゴン〉
田中芳樹　創竜伝10〈大英帝国最後の日〉
田中芳樹　創竜伝11〈銀月王伝奇〉
田中芳樹　創竜伝12〈竜王風雲録〉
田中芳樹　創竜伝13〈噴火列島〉
田中芳樹　魔天楼〈薬師寺涼子の怪奇事件簿〉
田中芳樹　東京ナイトメア〈薬師寺涼子の怪奇事件簿〉
田中芳樹　巴里《パリ》・妖都変〈薬師寺涼子の怪奇事件簿〉
田中芳樹　クレオパトラの葬送〈薬師寺涼子の怪奇事件簿〉
田中芳樹　黒蜘蛛島《ブラックスパイダー・アイランド》〈薬師寺涼子の怪奇事件簿〉
田中芳樹　夜光曲〈薬師寺涼子の怪奇事件簿〉
田中芳樹　魔境の女王陛下〈薬師寺涼子の怪奇事件簿〉
田中芳樹　タイタニア1〈疾風篇〉
田中芳樹　タイタニア2〈暴風篇〉
田中芳樹　タイタニア3〈旋風篇〉
田中芳樹　タイタニア4〈烈風篇〉

2020年3月15日現在